せき越えぬ

息が継げない。顎《あご》が上がる。

頰を伝う大粒の雫《しずく》が口の中に流れ込んだ。ひどくしょっぱい。舌に残った塩辛《しおから》さに、喉《のど》の渇きが増した。たまらず、道端の木陰に座り込む。

「久方ぶりに来たが、こうまで険しいとは……この暑さも敵《かな》わぬわ」

頭上にぎらつく太陽を、笠《かさ》の下から恨めし気にながめた。

暦の上ではすでに秋であり、残暑もさほどきつくはない。山上の土地であるだけに、そろそろ寒の備えをした方がいいとまで言われた。雲が山にかかり、晴れ間は少ない。年中雨がちで霧深く、秋冬の寒気はひとしおだ。温暖な相模《さがみ》の城下に慣れた者にはなおさらこたえるときいていた。

しかし今日に限って、日は夏の勢いをとり戻したごとく照りつけて、上り坂の半分を過ぎても、一片の雲すら寄せつけない。竹筒の水はすでに一滴残らず飲み干して、頭の天辺《てっぺん》からは滝のように汗がしたたる。

「やはり畑宿《はたじゅく》で、水を求めるべきだったか……そろそろ茶屋のひとつでも、ありそうなものだが」

万事において、用心が先に立つ性質《たち》ではない。己の粗忽《そこつ》を省みて、がっくりと笠の頭《こうべ》を垂れた。ジーワジーワシャンシャンと、やたらとうるさい蟬《せみ》の声が、肩や背中にふりかかる。どれくらいそうしていただろうか。

「あの、もし」

声に気づいて顔を上げると、女がひとり立っていた。笠を被《かぶ》ってはいるが、旅装束ではない。身なりからすると武家の妻女のようだ。

「大丈夫ですか？　お加減がすぐれぬのですか？」

「いや、渇きに難儀しておっただけで……水を切らしてしまいましてな」

「それはいけません。この暑さでは、からだが参ってしまいます。……よろしければ、どうぞこれを」

手に提げた風呂敷《ふろしき》包みの中から、竹筒をとり出した。水の匂《にお》いが鼻に届くようで、ごっくりと喉が鳴る。

「しかし……おれがもろうては、そなたが困るのでは？」

「私は坂を下って、ここからそう遠くない親戚《しんせき》のもとに参るだけです。どうぞお気遣いなく」

「さようか……では、お言葉に甘えてご免つかまつる」

栓を抜き、口をつけたとき、ほのかに女の香りをかいだようにも思えた。が、渇ききった舌の上を水が通ったとたん、恥も拘泥《こうでい》も吹きとんで、喉は歓喜をあげてひたすら水を貪《むさぼ》る。竹筒はどんどん傾き、喉首がそり返りそうなほど顎は真上を向く。

さすがに人様の水筒まで、空《から》にするわけにはいかない——。なけなしの理性が、口から筒を外させたものの、ちゃぽん、と鳴った中身は何とも頼りない。

「すまぬ……加減するつもりでいたのだが、粗方《あらかた》飲んでしもうた」

「よろしければ、干していただいても構いませぬよ」

そこまで図々《ずうずう》しい真似《まね》は憚《はばか》られると、竹筒を返し、立ち上がった。

「ご親切、痛み入り申す」

「いいえ、お役に立てて、ようございました」

女の口許《くちもと》が微笑《ほほえ》んで、鉄漿《かね》を施した歯がちらりと見えた。嫁いだ女の証《あか》しである。眉《まゆ》は剃《そ》っていないから、子はおらぬのだろう。

「箱根八里のうちでも、樫木坂《かしのきざか》はことさらの難所ときくが、まだ続くのであろうか？」

「橿木坂なら、とうに終わっておりますよ」

「まことか？」

「この先、箱根宿までは、道もわりあいにゆるやかです。杉並木もありますし、凌《しの》ぎやすうございましょう」

「それは助かった！　ようやく歩く心持ちがわいてきたわ」

「では、私はこれで」

互いに会釈《えしゃく》して顔を上げ、初めて女と目が合った。顔立ちは地味だが、その一重の目が妙に心に残った。

坂を下りてゆく後姿を、長いこと見送った。名乗っていないことに気づいたのは、見えなくなってからだ。女の名もきかなかった。

「世話になったのだから、名をたずねておくべきだったか……いや、他人《ひと》の妻に無闇《むやみ》に関わっては、かえって無礼になろうな」

自分に納得させるように声に出し、未《いま》だ果ての見えない坂道と向き合った。

今日のうちに箱根を越えて、伊豆韮山《にらやま》に到着せねばならない。

武藤一之介《たけとういちのすけ》は、よし、と拳《こぶし》を握った。

水で生き返ったからだが、小気味よく前に出た。

一之介と呼ぶのは両親だけで、姓と名を合わせた「武一《ぶいち》」を通り名としている。父の隠居に伴って、武一が先手《さきて》組方《ぐみかた》の役目を正式に賜ったのは、今年の二月のことだ。

四十九歳とまだまだ壮健で、隠居には尚早ではないかと武一は意見したが、父の武藤俵兵衛《ひょうべえ》は、磊落《らいらく》にこたえた。

「わしがどかねば、嫡男《ちゃくなん》のおまえはいつまでも見習いのままであろう。なにせお家には、家臣を増やす余禄《よろく》などないからな。わしもそろそろ囲碁や謡《うたい》にいそしみながら、のんびりと暮らしてみたいしな」

そんな方便で、息子に役目を譲ってくれたのだろうか。もともと呑気《のんき》な性分だけに、碁や謡に加え、釣りに野歩きと、隠居暮らしを楽しんでいる。

武藤家の禄は、四人扶持《ぶち》。父祖の代から下がることはあっても上がることはなく、代々番方を務めてきた家柄だけに、天下泰平の世では出世の糸口もなかった。上に登るほど目端《めはし》の利く当主が現れなかったのも事実だが、何よりの理由は、小田原藩主たる主家の大久保《おおくぼ》家の、長きにわたる財政難が大きい。家臣の禄を削ることはあっても、加増は見込めない。

大久保家は、十一万三千石。大大名《だいだいみょう》に連なり、幕府の要職を担《にな》う譜代大名でもある。

一時は改易の憂《う》き目も見たが、百四十余年の長きにわたり、この地を治めてきた。

小田原は温暖肥沃《ひよく》な土地柄だが、天災も多かった。地震や洪水にたびたび見舞われ、そのたびに莫大《ばくだい》な復興費用がかかる。藩財政を圧迫し、代を重ねるごとに借金の額はふくらんでいった。

とはいえ、財政の窮乏は他藩も同様であり、何よりも有難いことに、現当主の大久保忠真《ただざね》は、名君と誉れの高い人物だ。幕府の要職を歴任し、九年前からは老中を務めていた。

たとえ禄や扶持が上がらずとも、家臣の誰もが忠真を信頼し、名君に仕える誇らしさを胸に秘めている。

父の俵兵衛も、早い隠居という形で、主君を助けたかったのかもしれない。

武一は二十七歳で、武藤の家督と先手組方の役目を継いだ。

お役を務めて半年、ようやく慣れてきたころ、上役から隣国への使いを頼まれた。

「これを、伊豆の韮山代官所へ届けてくれぬか」

十一人いる先手組組頭《くみがしら》のひとりから、奉書を受けとった。

「過日、両国のさる国境《くにざかい》について、双方の帳面の引き合わせを行ったところ、ひとつだけ、互いの帳面に違いが見受けられた。いったん預りとして過去帳を調べてみたのだが、確固たる証しは摑《つか》めなくてな、代官所でも同様であったようだ」

互いに数名の役人を出し、村人立ち合いのもと改めを行い、相談の上、国境を明確にする。そのための日取りを決めねばならないと、組頭は使いの理由を説いた。

先手組は、戦においては先陣を切る役目を負うが、平和ないまの世では、城の警備や領地の見廻りに従事する。国境の改めも、その延長にある職務だった。

「良き日取りをいくつか挙げておいた故《ゆえ》、先様の都合を伺った上で、日を決めてきてほしいのだ」

単なる手紙のやりとりなら飛脚で済むが、日にちを相談するために、武一を遣わせることにしたようだ。

「それがしで、よろしいのですか？」

先手組ではもっとも若輩《じゃくはい》にあたるだけに、念のため問うてみた。

「おまえなら、立派にこなせよう。韮山代官所とはお役目上、つき合いもそれなりに多い。ちょうど良い折だから、挨拶《あいさつ》しておきなさい」

組頭からおだてられ、たいそう気合を入れたが、その後で先輩の番方から意味深長な励ましを賜った。

「いやあ、おまえが来てくれたおかげで助かった。この先は、豆州《ずしゅう》への使いは武一に任せたからな」

さも嬉《うれ》しそうに、ぱんぱんと背中をたたかれた。武一が入るまでは、その男がいちばん若輩だった。思えば、そのときに気づくべきだったが、察したのは箱根の上り坂を半分ほど過ぎたころだ。

「箱根道が、こうまで、きついとは……下《した》っ端《ぱ》に、託されるのも、道理だわ」

ぜいぜいと息を切らせ、遅まきながらぼやいたが、橿木坂にかかると、不平すら呟《つぶや》く余力がなくなった。

海に近い小田原城から東海道を西へ行き、箱根湯本の辺りから、道はだんだんと傾《かし》いでくる。しかしその道程すら、緩やかと言えた。畑宿を過ぎると、東海道一の難路として旅人を苦しめた、橿木坂にさしかかる。

神社の石段ほどの急勾配《きゅうこうばい》を、上らねばならない。坂の始まりはことにきつく、一町、つまり六十間《けん》進むだけで、火の見櫓《やぐら》ふたつ分も高さが増す。幕府によって石畳が敷かれるまでは、雨が降ると脛《すね》まで泥に沈んだともいう。

橿木の坂をこゆればくるしくて　どんぐりほどの涙こぼるる——。

そんな歌が残されるほどの難所であった。

子供時分、父に連れられて、箱根権現《ごんげん》に詣《もう》でたことがある。たしか八つか九つのころだ。たまの遠出が嬉しくて、ひどくはしゃいでいた。この坂も上ったはずだが、くたびれて足を止めるたびに、力強い父の腕が引いてくれた。そのためか、さほど辛《つら》かったとの覚えはない。

良い思い出に彩《いろど》られ、油断があったのかもしれない。橿木坂を終えたところで、動けなくなった。通りがかりの女から水を恵まれなければ、峠を越せなかったかもしれない。

女が述べたとおり、橿木坂にくらべれば残りの登り坂はゆるやかで、やがて杉並木にさしかかった。整えられた木立は美しく、吹く風は爽《さわ》やかで、生き返るような心地がした。

杉並木の途中に、箱根宿の一町がある。箱根宿は五町あるそうだが、この新谷《あらや》町《まち》だけが、ぽつんとひとつ外れていて、残る四町は関所を越えた向こう側にある。箱根権現のふもとにあたり、父と登った箱根山はここまでだった。お参りをするつもりでいたが、見込みより遅れている。帰りでよかろうと、素通りした。それが神仏の、不興を買ったのかもしれない。

新谷町を出て、また杉並木を歩く。ほどなく並木の向こうに、黒い門が見えてきた。

「やれやれ、ようやく着いたか。ここを抜ければ後は下り、伊豆まではもう一息だ」

ひと仕事終えた気でいたが、箱根関所は、橿木坂以上のとんでもない難所となった。

「ほう、これが箱根の関か。ききしに勝る厳《いか》めしさだな」

右手には芦ノ湖の雄大なながめが広がり、左手は山に塞《ふさ》がれている。非常に狭小《きょうしょう》な土地であり、故に関所が築かれたのだろう。

江戸口と京口、ふたつの門があり、それぞれの門前に千人溜《せんにんだまり》と呼ばれる待合の広場があった。井戸が設けられており、ひとまず喉をうるおし、竹筒にも水を満たす。溜には十人ほどの旅人の姿があった。

門は二階家ほどもある大きな黒塗りの高麗《こうらい》門で、たいそう威厳があった。門の前に、六尺棒を手にした門番がおり、順番に入るよう促され門を潜《くぐ》る。入ってすぐ右手に、高札《こうさつ》が掲げられる。笠や頭巾《ずきん》をとるようにとか、乗物は戸を開くべしとか、旅人への注意書きが示されている。

大番所は、その先にあった。役人が、旅人や手形を改める番所である。門と同様に、渋墨で塗られた黒々とした外観で、紺の陣幕の奥に関所役人が控えていた。

向かって左に十五畳はありそうな部屋、右の座敷はその倍ほども広い。いずれも襖《ふすま》が開け放たれているために、中のようすはよく見える。狭い部屋が「面番所《めんばんしょ》」、関所役人が手形を改める席であり、右は上役が座す上の間であるようだ。

旅人は面番所の前に座らされ、ひとりひとり手形の吟味を受ける。

「次の者、前へ」

ここにもやはり足軽が控えており、指図に従って武一は縁先の地面に跪《ひざまず》いた。懐《ふところ》に手を入れて袱紗《ふくさ》包みを出し、初めて気づいた。汗でぐっしょりと濡れている。中身は組頭から預かった文と、道中手形である。慌《あわ》てて袱紗を開いて確かめると、どちらもくたりと張りを失《な》くしているが、多少湿りを帯びている程度だ。辛うじて、障りはあるまい。

内心で安堵の息をつき、脇《わき》に立つ足軽に手渡した。

座敷には、前に小机を据え、横並びに三人の侍が座していた。左端のひとりだけ、身なりが違う。足軽の出立《いでた》ちだが、その割にはひどく物慣れたようすだった。

足軽の手を経て渡された手形を、真ん中の番士が少し嫌そうに受けとる。

奉書を開き、手形を改めて声を発した。

「御先手組方、むとういちのすけ。お役目につき、伊豆国韮山代官所へ罷《まか》り越し候《そうろう》。しかと相違ないか？」

「恐れながら、むとうではなく、たけとう。武藤一之介にございます」

「……たけとう、だと？」

声は手形を手にした番士ではなく、となりの上の間からとんだ。貧相な小男ながら、ふるまいは横柄《おうへい》だ。関所ではもっとも位の高い伴頭《ばんがしら》さまだと、足軽が小声で伝える。

「わしが直々に改める。手形をこれへ」

机を並べる役人たちが、困り気味の表情でちらりと目配せを交わす。それだけで、嫌な予感がした。真ん中の侍が立ち上がり、萎《しお》れた手形はとなり座敷へと渡る。足軽に促され、武一も場所を変え、上役の座す縁先に改めて跪く。

「何じゃ、これは！　濡《ぬ》れておるではないか！」

やや甲高《かんだか》い声が、直ちに叱責《しっせき》した。

叱るほどでもあるまいと眉をひそめたが、大人しく頭を下げる。

「申し訳ございません。それがしの不行届きにございます」

素直に詫《わ》びたものの、相手の不興は収まらない。

「濡れも汚れも手形には許されぬ。これは吟味といたす」

言い渡されて、改めて事の大きさに愕然《がくぜん》とした。

番士のひとりを連れて、手形を手に、侍が奥へと消える。吟味のあいだは、大番所の向かい側にある足軽詰所で、しばし待つよう命じられた。

「おれの粗忽ぶりときたら、我ながら嫌気がさすわ」

向かいの詰所で縁の端に尻《しり》を落とし、はあ、とため息が出た。まるできこえたように、中からひょいと顔が覗《のぞ》いた。

鼻先が上を向き、小さな丸い目は親し気に瞬《またた》いている。ここに詰める、若い足軽のようだ。

「ご吟味ですか？」

「そのように相成った」

「保山《ほうやま》さまは細かいお方ですから、とかく吟味が多くて」

「保山さまとは……？」

「伴頭のおひとり、つまりは関所でいちばん偉いお方です。六人いらして、半年に一度、月番で伴頭を務めます。月が異なれば、足止めを食うこともなかったでしょうに。お気の毒です」

にこにこと、そんな話をする。いかにも人の好《よ》さそうな顔には邪気がない。上役の悪口というより、年に二度の貧乏くじを引かされた武一への慰めに思えた。

「よかったら、麦湯でもいかがです？」

「それは有難い」

煙草盆《たばこぼん》と麦湯を、武一の脇に置いた。無聊《ぶりょう》を紛らす話し相手になりそうな気配もあったが、あいにくと詰所の内から声がかかった。

「衛吉《えきち》、そろそろ張り番の刻限だぞ」

「ただいま、参ります！」

門番を交代するのだろう。六尺棒を手に、京口の方角に駆けていった。

「やれやれ、どうやら今日は厄日のようだな」

自業自得《じごうじとく》であるだけに、情けなさもひとしおだ。一方でこういうときこそ、人の親切が身にしみる。

足軽の若者の笑顔にも慰められたが、武一の胸には、橿木坂で会った女の姿が張りついていた。

「吟味に一時《いっとき》もかかった上に、関越えが罷りならんとは、あまりにご無体な！」

保山という伴頭の前で、つい声が大きくなった。

四半時《しはんとき》ほどして、保山はもとの席に戻った。が、武一には何の沙汰《さた》もなく、ただいたずらに待たされた。今日のうちに伊豆に着するつもりでいただけに、武一としては気が気ではない。二度ほど、催促もした。

「いま、配下の者が調べておる。しばし待たれよ」

一度目はそう返されたが、二度目にはしつこいと怒鳴られた。

「そもそも道中手形というものを、わかっておらなんだようだの。手形に押された印判と、あらかじめこちらに届けられた印を照らし合わせ、相違なしと判じるのだ。主こそ手形を粗末にあつかうとは何事か！　よけいな手間暇をかけさせおって、わしらの方こそ迷惑しておるわ」

非はこちらにあるのだから、返す言葉もない。しかし尻が痛くなるほど待たされた挙句に出直してこいとは、これではまるで子供の使いである。

「家中《かちゅう》の御用の向きですので、そこを何とか、お願い申し上げます」

「たとえお大名であろうと、手形に不足があらば通せぬわ」

下手《したで》に出ても埒《らち》があかない。逆に甲高い声が、鋭く問うた。

「その目をこじあけてよう見てみい！　まるで川に落としたような代物ではないか。かように不様な手形は、天下の関たる箱根においては罷り通らん」

つきつけられた手形の惨状には、思わず目を疑った。手形もまた、奉書紙にくるまれている。多少の水を含んでも、大事なかろうと侮《あなど》っていた。

しかし武一の名が記された状は、思いのほか、ぐっしょりと水を吸っていた。

「差上申手形之《の》事」と、まず決まり文句があり、次の二行に大久保家家中の旨《むね》と、武一の名が記されている。たしかに無残な姿ではあるが、判読には差し支えない。

「お、恐れながら、墨にも印にも滲みはなく……手形の役目は充分に果たせるものと……」

「水ごときで墨や朱が流れぬのは先刻承知。しかし中には濡れや汚れを施して、細工をせんとする不届者もおる。故に濡れ手形は、決して許されぬ。己《おの》が不始末を組頭殿に申し上げ、いま一度手形を乞《こ》い、出直して参れ！」

居丈高《いたけだか》に命じられ、武一は悄然《しょうぜん》とうなだれた。

小田原城下までの下りの道は、行きよりもずっと辛かった。

「この大馬《おおば》鹿《か》者《もの》が！　手形を粗略にあつかうとは何事か！　不束《ふつつか》な配下をもったものよと、ご家老には嫌味までこぼされたのだぞ」

先手組の組頭には大目玉を食らい、翌日は油紙でしっかりと包んだ新たな手形を懐に、ふたたび箱根道を登った。

今日は竹筒を三本も持参したが、そういう日に限って、さほど暑くない。中腹にさしかかるころには、太陽すら隠れてしまった。山霧が立ち込めて、水より綿入《わたい》れが恋しくなるほどに肌寒い。

二度目の関越えの手続きは、拍子抜けするほどにすんなりと運んだものの、

「ほう、今日は濡れ状ではなく、まっとうな手形のようだの」

保山には、ちくりと嫌味を刺された。手形改めが終わると、武一は京口御門へ向かう前に、足軽詰所に立ち寄った。

「えきちと申す、足軽はおるか？」

たぶん厩《うまや》だろうと、大番所脇の建物を示された。馬糞《ばふん》くさい厩舎《きゅうしゃ》には三頭の馬がいて、端の一頭の鼻面《はなづら》を、あの若者が撫《な》でていた。声をかけると、機敏にふり向く。

「おや、昨日の！　今日は無事に通してもらえましたか？」

「ああ、おかげさまでな。昨日は世話になったな。少しばかりだが、礼をしたくてな」

饅頭《まんじゅう》の竹皮包みをふたつ、さし出した。若者が、ぱっと笑顔になる。

「あれしきのことは茶飯事ですから、お気遣いなぞ無用でしたのに」

関所仕事の範疇《はんちゅう》だと、たいそう恐縮されたが、武一は単に嬉しかったのだ。よくあることだ、気にするなと言葉をかけてもらったようで、どんよりと沈みそうになっていた気持ちが救われた。

「こんなにいただいて、かたじけのうございます。饅頭は、好物でして」

「それはよかった」

ふたつの手土産には、理由があった。もしかすると、あの女子《おなご》にも会えるかもしれないとの、淡い期待があったからだ。すれ違う女の姿に気をとられていたためか、橿木坂の苦しさもだいぶ紛れたが、そんな幸運などあるはずもない。それでも目の前の嬉しそうな顔をながめていると、心の隅に引っかかった小さな落胆がほぐれてゆく。

「茶を入れますから、詰所で一休みなさっては」

「いや、あいにくと、今日のうちに豆州に着かねばならぬからな。明日か明後日《あさって》には、また関所《ここ》を通る」

「それなら帰りにぜひ、足軽詰所にもお立ち寄りください」

「そうさせてもらうか。そういえば、名乗りが遅れたな。武藤一之介、武一と呼んでくれ」

「岡《おか》衛吉です」

この足軽と出会えたことは、後に大きな幸運となる。

気づいたのは、それから十日ほどが過ぎたころだった。

「手形を汗塗《まみ》れにして突っ返されるとは、おまえらしいな、武一」

品の良い顔立ちが崩れ、くつくつと喉で笑う。

「笑いごとではないわ。壁に等しい橿木坂を、二度も登らされたのだぞ」

口を尖《とが》らせると、竹馬《ちくば》の友はますます苦しそうに腹を抱える。

小田原宿の外れにある、『勝手《かって》』という居酒屋だった。街道を外れた裏通りにあるために、旅の者は滅多に寄りつかず、薄暗い店内には馬方《うまかた》や人足《にんそく》がひしめき合っている。

武一のような下級の侍も出入りするが、数は少ない。

友の騎《き》市《いち》には、それが何よりも有難いようだ。

「宿では場末になるからな。騎《き》山《やま》家のような上士の家柄には縁遠い店であろうが」

「だからこそ、心地がいいのだ。誰もおれのことを、知らぬしな」

さして上等ではない錆《さび》色の着流しながら、やはりどこか品がある。

友の生まれた騎山家は、家中でも十指に入る名家であった。

小田原藩主大久保家には、上士の中でも別格とされる家が、十三家ある。戦国から大久保家に仕え、大事の相談に与《あずか》る家柄だ。騎山家もそのひとつで、知行高《ちぎょうだか》は千石。陪臣としては破格の禄であり、大大名なればこそだが、大久保家ですら千石以上の家臣は十家に留まる。

騎山家の者は代々、家老や年寄など藩の要職につき、現当主もまた家老の次席にあたる年寄役を担っていた。

四人扶持の武藤家とはあまりに開きがあり、本来なら口さえ容易に利けぬ相手だが、この友と武一のあいだには、固い絆《きずな》があった。

出会ったのは、五歳のとき。同じ『多木川《たきがわ》道場』に通っていた。

その日は師範が直々に、小さな弟子たちにも稽古《けいこ》をつけてくれた。

「次！　いちのすけ！」

『はいっ！』

何故《なぜ》だか返事が重なり、思わずもうひとつの声の主を探した。反対側の壁に張りついていた色の白い子供が、びっくりしたようにこちらを見詰めている。

「そうか、いちのすけは、ふたりいたか……おまえたち、姓は何といったか？」

「はい、武藤です！」

「騎山です！」

その家名に、年嵩《としかさ》の門弟たちからはどよめきが上がった。

騎山市之《いちの》助《すけ》という名を、そのとき初めて知った。

「同じ名では紛らわしいな……よし、武藤が武一、騎山が騎市でどうだ？」

師範の多木川鷹道《ようどう》は、家名なぞには頓着《とんちゃく》しない。幼い門人たちに、新たな呼び名を与えた。

「武一の方が入門はひと月早いが、ちょうど歳《とし》も同じだし、ともに精進するのだぞ」

『はいっ』

と、ふたたび声がそろう。目を合わせると、色白の子供は少しはにかみながらも嬉しそうに微笑んだ。以来、同じ名の道場仲間は、かけがえのない友になった。

武家にとって、身分の違いは大きい。武一も長じるにつけ、身にしみて感じるようになったが、騎市との友情は変わらなかった。

これには師範の多木川鷹道の教えもある。

「一本の剣の前では、身分も育ちも関わりない。ただ、技と心延《こころば》えだけが剣に試される」

封建の世にあって大胆な言いようだが、こと剣に関しては、強い者が強いという単純な理屈を弟子たちに説いた。故に多木川道場の内では、出自や家柄はまったく斟《しん》酌《しゃく》されず、平等にあつかわれた。

「武一、踏み込みが甘い！　騎市、何だそのへっぴり腰は！　しゃんとせんか、しゃんと！」

『はいっ』

稽古は厳しかったが、最良の好敵手を得た。剣の上達に繋《つな》がり、常に返事が被《かぶ》るほど気の合う友を得た。

「ぶっちゃん、帰りにお城の東堀に行ってみようよ。菖蒲《しょうぶ》がとってもきれいなんだって」

「きいちゃんは風流だなあ。おれは花より団子の方がいいけどな」

武一《ぶいっ》ちゃん、騎市《きいっ》ちゃんが訛《なま》って、子供のころは互いにそう呼んでいた。

大人になったいま、さすがに城中では人目をはばかって互いにすましているものの、こうしてたまに会って語り合えば、昔と何ら変わらない。師範の教育もさることながら、騎山市之助に驕《おご》りがないからだ。

格式ある家柄であることは肝に銘じながらも、鼻にかけることはなく、かえって身を慎むべきと戒めているようだ。武芸の腕は、武一とほぼ同等、上の下といったところだが、学問は非常に優秀で人望もある。

騎市はいま、忠真公の中小姓《ちゅうごしょう》を務めている。殿さまの身のまわりの世話をする役目であり、主《あるじ》とともに江戸上屋敷に詰めていたが、月に二度は小田原に帰ってくる。老中は参勤交代を免じられており、忠真が国許に赴く機会は限られている。騎市は江戸と国許を行き来して、忠真と国家老らとの相談事をとりもっているようだ。

相談の内容は、概《おおむ》ね藩にとっての大事であり、武一にすら明かすことはない。忠真の信頼の厚さが裏付けされており、騎山市之助は、そのうち間違いなく家老に昇り詰めるだろうと噂《うわさ》を呼ぶほどの出世頭だった。

そんな友に、羨望《せんぼう》がないと言えば嘘《うそ》になるが、誇らしい気持ちの方が強かった。ふたりの間柄が変わらぬことに加え、外《ほか》ならぬ友が、武一を認めているからだ。性質はむしろ逆であり、思慮の深い騎市に対し、武一は考えるより先にからだが動く。武士としては粗忽者と侮《あなど》られることも多いが、騎市は長所ととらえている。

「おれは頭に浮かべても、十のうち一しか行えない。武一のようであったら、もっとたくさんのことを成し遂げられような」

「そのかわり、しくじりも多いぞ。大事なのは、立ち直りの早さだ」

胸を張って講釈すると、違いない、と騎市が笑う。

そのとき、かしゃん、と瀬戸物の割れる音がした。武一の背後から、野太い男の声がする。衝立《ついたて》で仕切られているために姿は見えないが、声は届く。つい、耳をそばだてた。

「ひどい話だと思わぬか！　あの頭の固い関守のために、婆《ばあ》さまの死に目に会えなんだのだぞ！」

「わかった！　わかったから、晋輔《しんすけ》、頼むから暴れるな。まったく、おまえが酔うと始末に困るわ」

「おれは酔ってなぞいないし、暴れてなどおらんぞ」

「おまえのような大男では、身じろぎしただけで物が壊れるのだ。大人しくしておれ」

どうやら衝立の陰には三人の男がいるようで、口調からすると武士のようだ。

「母を亡《な》くした折に、婆さまは三年ものあいだ、おれたち兄弟の世話をしてくれた。このところ患《わずろ》うていてな、いよいよ危ないとの知らせを受けて、急ぎ沼津に走ったというのに……」

「その話は、すでにきいたぞ、晋輔」

同席の者の疲れた声と、話し手が大きく鼻をすする音がする。

「あの日は、雨だったのだ。一刻も早く沼津に辿《たど》り着かんと、箱根宿まで駆けるようにして山を登ったというのに……それを何だ、あの関所役人は！　手形が少し湿ったくらいで、散々足留めを食らわせた挙句に、関所を通ること罷りならんとはねつけおった。雨なのだから、濡れるのはあたりまえであろうが！」

「次からは、傘くらい差してゆけ」

「婆さまはすでに亡くなられたというに、次なぞあるものか！」

店内はひときわ騒々しく、それまでとなりの会話など気にも留めていなかったが、よく似た話があるものだと、騎市と顔を見合わせた。

「雨と汗の違いはあれど、手形が濡れて咎めを受けたのは一緒か……」

「長らく待たされたのも、同じだぞ。せめてその場で達してくれれば良いものを」

騎市はいつもの癖で、何事か考えはじめたが、武一は衝立の陰から背中の客を覗き込んだ。

三人の侍が、コの形に座を占めていたが、壁を背にした男はひときわ大きい。相撲の力士でも通用しそうな立派な体軀《たいく》だが、顔をくしゃくしゃにして悔し涙に暮れている。

「騒々しくて、申し訳ござらん。この男が、少々酔うてしもうてな」

奥にいた男が武一に気づき、詫びを入れた。

「おれは酔うてなどおらんと、言うておろうが！」

「少しは黙らんか。他の客に迷惑であろうが」

連れのふたりは恐縮しているが、武一の背後から、騎市の声が乞《と》うた。

「邪魔をしてすまぬが、できればいまの話を、詳しくきかせてもらえぬか」

「いまのとは、晋輔の婆さまの話でござるか？」

「うむ、おれも、ぜひとも承りたい」

武一が勇んでうなずくと、大男の前では小柄に見えるふたりが、首を傾げる。

「実はおれも、十日ほど前に似たような目に遭うてな……」

「おお、お主もか！　婆さまの死に目に会えぬとは、何ともいたわしい！」

「いや、おれは御用の向きなのだが……」

武一の説明は耳に入っていないようだ。仲間を見つけたと言わんばかりに、己の隣に武一を招く。結局、衝立をとり払い、五人で座を囲んだ。

壁を背にした大男の、右手に連れのふたりが並び、左手に武一と騎市が胡坐《あぐら》をかいた。

幼いころからの道場仲間だと明かすと、その三人も同じだとこたえる。

「おれたちは、汐取口《しおとりぐち》に近い森下道場の門下でな」

城下にはいくつも道場があり、汐取口は城の東北を守る城門だった。

小田原城は、西側に低い山を擁し、城下は南北と東に向かって開かれている。

城の三方を囲むようにして、侍屋敷が建ちならび、その外側に鉤《かぎ》型に町屋が配されている。いわゆる小田原宿であり、東海道沿いに東西にわたって通り町九町、これと並行して海沿いに並ぶ脇町四町、さらに東海道から垂直に北に延びる道沿いに脇町六町。しめて十九町が宿場を形成していた。

「晋輔は力ばかりでなく技も優れていてな、師範代も務めておる」

「見てくれは恐ろしいが、気は優しくてな。少々面倒くさいのが玉に瑕《きず》だが」

「越坂《えつさか》晋輔と申す。武具預方《ぶぐあずかりかた》のお役目についておる」

歳は三人の方が多少上に見えるが、ほぼ同年代と言えよう。武具預方なら、扶持も武一と変わらない。連れのふたりは、斉藤兵六《さいとうへいろく》と松田忠也《まつだちゅうや》と名乗った。

「おれは武藤一之介、武一でよいぞ。隣のこやつも同じ名でな、騎市と呼んでくれ」

身分や名を明かすのは気詰まりだろうと、先回りしてそう告げた。

「で、晋輔殿。先ほどの話だが……道中手形に障《さわ》りがあったと、箱根の関で足止めを食ろうたのだな？」と、騎市が問うた。

「さよう……そのために、婆さまの最期《さいご》を看取《みと》ることが叶《かな》わず……この越坂晋輔、一生の不覚」

またぞろ涙をこぼしそうな巨漢をなだめながら、武一がたずねた。

「雨に濡れたためだと申していたが、手形はどのような有様であったのだ？」

「盥の水に浸したように、思いのほか雨を吸ってしもうてな」

「それでは、通してもらえぬのも無理はない。傘も差さずに山越えしたお主の不届きよ」

斉藤兵六は苦言を呈したが、騎市が隣で呟いた。

「武一と、まったく同じだな……」

「ちなみに、関越えを試みたのは、いつのことだ？」

「五日……いや、六日前になるかの」と、武一にこたえた。

「では、関所の伴頭は、同じ保山殿だな？」

「名はわからぬが、番所の上座におった者だ。鼠《ねずみ》のような小男で、声がきんきんと甲高く」

「おお、まさにそれだ。保山殿に違いない」

武一が豆州までの役目を賜ったのは、八月三日であった。六日前なら八月七日になる。月が同じであれば、関所役人の顔ぶれも変わらない。

新顔のふたりに乞われ、越坂晋輔が改めて仔細《しさい》を語る。濡れた手形、待たされること一時余り、渡した折は湿った程度と思えていたが、中の手形はびっくりするほどに濡れがひどかった。

改めてきかされると、状況は酷似している。

「やはり妙だ……一時も待たせたのは明らかに嫌がらせであろうが、何故わざわざさような真似を……」

片手を顎に当て、騎市が考え込んだ。何かを思いついたように、顔を上げる。

「もしや、武一と晋輔殿は、その保山という伴頭と、どこかで会うたことがあるのでは？」

「いや、おれはまったく……」

「特に、覚えはござらんな」

巨体の侍とともに首をひねったが、腑《ふ》に落ちるこたえは見つからない。しかし代わりに、松田忠也が思い出した。

「晋輔、たしかおまえ、宿場で家中の侍と、悶着《もんちゃく》を起こしたと言うておらなんだか？」

「あれは、かれこれ一年も前の話だぞ。物売りの子供に無体を働いておってな、邪険にあしらうだけならまだしも足蹴《あしげ》にしおった。侍にあるまじき行いだと、止めに入ったのだ。悶着というほどではない」

「おまえほどの大男が相手では、逃げを打つしかないではないか。向こうは恨みに思うていたのかもしれんぞ」と、斉藤兵六がしかめ面を返す。

　しかし晋輔は、相手の顔すら覚えていないようだ。

「言われてみれば……ひときわ小柄な男で、声が高く耳障りであったような……」

「ほぼ、間違いないのでは……」

「名乗らずとも、このでかさは忘れようがなかろうな」

　やれやれと、友人ふたりがため息をつく。

「それでは何か？　小男の逆恨みのために、おれは婆さまの死に水をとってやれなんだというのか！」

　またぞろ晋輔がいきり立ち、仲間は必死でなだめる。

「騎市、おれもひとつ、思い出した」

「やはり、悶着があったのか？」

「いや、そうではない。おれが武藤と名乗った折に、あの伴頭が急に茶々を入れてきた。だが、おれのことは、誰もが武一と呼ぶ。武藤の名に心当てがあったとすれば……」

「そうか、おまえの親父《おやじ》殿か！」

騎市が、ぱん、と膝《ひざ》を打った。


「保山とは、保山又蔵《またぞう》のことか？」

「名は存じませぬが、箱根関所の伴頭を務めておられるお方です。歳はおそらく、四十を過ぎたあたりかと」

背《せ》格好《かっこう》や声について説くと、保山又蔵に相違なかろうと父の俵兵衛はこたえた。

「あれはろくでなしよ。己の能のなさを棚に上げ、弱い者いじめに精を出す」

「父上は、保山殿とどのような関わりが？」

「関わりなぞ特にない。ただ保山は、御先筒頭《おさきつつがしら》でな。箱根の伴頭に就いたのも、それ故であろう」

関所の伴頭は、先弓頭《さきゆみがしら》や先筒頭から任じられると俵兵衛は説いた。

「詰所が御先手組と近うてな。説教と称しては、廊下の隅でいつも同じ配下をねちねち苛《さいな》んでおった。それがわしと同じ年頃の平侍でな、とても他人事とは思えなんだ」

いかにも朴訥《ぼくとつ》そうな大人しい男で、自分より年下の上役の責めに、黙って頭を垂れている。その姿が哀れでならなかったという。

「それで保山殿に、文句をつけたのですか？」

「仮にも上席の侍に、正面切って口ごたえなぞできぬわ。……まあ、そのかわり、さりげなく皮肉や嫌味はぶつけてやったがの」

呑気そうにしているが、我が父ながら食えない男だ。当人は悪戯《いたずら》のつもりだろうが、悪知恵のたぐいもよくはたらく。廊下で見かけるたびに、「今日もご精が出ますな」とか、「昨日とまるで同じ台詞《せりふ》ですな」など、ぼそりと呟いて通り過ぎたという。

「なるほど、ようやくわかり申した。武藤の名に恨みがあるのも道理ですな」

父の代わりに、意趣返しを食らったようだと仔細を説いた。

「相変わらずの小者ぶりだな。しかし、このまま泣き寝入りをするつもりか？」

「むろん、きっちりと懲らしめてやりまする」

「それでこそ我が息子。とはいえ、何か策でもあるのか？」

武一と晋輔、ふたりが訴えたところで、とり合ってはもらえまい。どちらも手形を粗略に扱ったがために、つけ入る隙《すき》を与えてしまった。そこを突かれれば、反論の余地はない。

「また騎市殿に、知恵を借りるか？」

そのつもりもあったが、そう揶揄《やゆ》されては、何だか悔しい。

「いずれにせよ、害を被《こうむ》ったのが、ふたりきりでは弱い。保山のことだから、他にも同じ憂き目に遭うた者がおるのではないか？　探してみてはどうだ」

探すといっても、城下でたずねまわるわけにもいかず、武家は何よりも恥を厭《いと》う。関所役人に咎《とが》めを受けたとは、誰も語ろうとはしない。

その日の仕事は城門の警備であったから、考える暇には事欠かなかった。

「武一が考え事とは、残暑に雪が降るのではないか？」

ともに門前で立ちん坊をしていた同輩には、たいそう気味悪がられたものの、昼餉《ひるげ》を食した後も頭から離れない。

「同じ憂き目に遭うた者……遭うた者……」

父の言葉を反芻《はんすう》していたとき、ふいに閃《ひらめ》いた。

「そうだ！　遭うた者ではなく、これから遭う者を探せばよいのだ」

思いつくと、じっとしていられないたちだ。

翌日は非番であり、武一はさっそく行動に移した。

武一は三度《みたび》、箱根の山に登った。

「誰かと思えば、武藤さまでしたか。おれに何か、御用ですか？」

若い足軽は、武一の姿を認めると、嬉しそうに走ってくる。

武一は今朝早く、今月三度目となる箱根に登り、関所に辿り着くと門番に頼み足軽を呼び出してもらった。以前、世話になった、岡衛吉である。

「武一でよいと言うたであろうが。おれも衛吉と呼ばせてもらうからな。お、そうだ、これは土産だ。饅頭が好物ときいておったからな」

「うわ、桐屋《きりや》三元《みつもと》の饅頭ですか？　それもこんなに……土産にしては、贅《ぜい》が過ぎます」

味と値段は城下で随一と評判の、城の御用菓子司《かしつかさ》の店である。武一の給金ではとても手が出ないが、今朝、店の者が届けてくれた。騎市の気遣い、いや、手配りであろう。前金として渡せということだ。

「実はこれは、言ってみれば賂《まいない》だ。お主に、折り入って頼み事があってな」

何事も、正直に告げねばすまない性分だ。衛吉は察しよくうなずいて、同輩の門番に断りを入れると、武一を連れて杉並木を下った。箱根宿の新谷町にかかる手前で、道端の倒木に腰を下ろす。

「それで、お頼み事とは？」

「伴頭の、保山殿のことなのだが……もしや、おれの他にも、同じ憂き目に遭うた者がいるのではないか？」

「いくらでもおりますよ。おかげで八月は「不通関《とおらずのせき》」だと、我ら足軽のあいだではそのように呼ばれております」

「八月、だけか？　二月も保山殿の月番であろう？」

伴頭の月番は、半年ごとに年二回だと、父の俵兵衛からもきいてはいた。

「さようなのですが、何故だか差し戻しを受ける者の数は、八月がことに多いのです」

保山は関所伴頭に就いて五年になるが、差し戻しが増えたのは、二年ほど前からだという。

「おそらく事が始まったきっかけは、二年前の組替えではないかと……おれもそのときに、関所役を賜りました」

伴頭や番士の大幅な組替えが行われ、衛吉もその折に、関所詰めに配されたという。保山は引き続き伴頭に留め置かれたが、在番月が変わり、二月と八月になった。以来、八月の差し戻しがことに増えたと、衛吉は先輩足軽からきいていた。

「保山さまはもともと些末《さまつ》にうるさく、手形改めも厳しいお方ですが、二月にくらべると、明らかに八月は戻される数がひときわ多く」

「二月と八月で、何が違うのだ？　何か心当たりはないか？」

「これまで、きちんと考えたことなぞありませんでしたが……改めて問われると妙ですね」

「二月は雪も多く、山上はことさら寒いときく。そんな頃に登り下りを強いるのは、さすがに心が痛む、とか」

　武一は思いつきを口にしたが、衛吉はどうもしっくりこないようだ。代わりに、何か思いついたのか、あ、と声をあげた。

「違うのは、番士の顔ぶれです！」

「番士、だと？」

「はい、御伴頭は半年に一度ですが、下に就く番士の皆さまは、四月《よつき》に一度のお勤めなのです」

「ええっと、つまり……何だ？」

「二月と八月では、番士の顔ぶれがまったく違うということです」

「なるほど、そうか！」

「思い出しました！　八月の御番方はすべて、御先筒組の方々です」

「つまりは山を下りても、御先筒頭の配下ということか」

「ことに番士筆頭格の中田《なかた》さまは、御先筒役の組も同じで、保山さまの下役を務めておられると伺いました」

「なるほど、八月の番士はすべて保山殿の身内同然。好き放題が通るということだな？」

　おそらく、と、衛吉がかっきりとうなずく。

「頼み事は、ここからだ。衛吉、おまえに隠密を頼みたい」

「隠密ですか！　わくわくしますね」

「いや、相手に知れれば、おまえも面倒なことになる。くれぐれも気をつけて……」

「お任せください！　饅頭分は、しっかり働きます！」

　断られる覚悟もしていたが、あっけなく快諾されてかえって武一が慌て出す。

「いくら饅頭のためとはいえ、あまりにお人好しが過ぎるぞ。少しは疑わんか」

「饅頭のためばかりでは、ございませんよ。武一さまの役に立てるのが、嬉《うれ》しいのです」

武一がたじろぐほどに、声音は真面目《まじめ》だった。

「会って間もないおれのために、どうしてそこまで？」

「武一さまは最初から、おれを——足軽を、見下す真似《まね》はなさいませんでした」

足軽は、士分とはいえ名ばかりで、日頃は下働きと変わらぬあつかいを受ける。下に置くのは当り前で、中には牛馬のごとくこき使い、犬猫さながらに邪険にする侍も少なくない。

保山もまた、そのひとりだと、衛吉は告げた。

「格別なことをしたわけでもないのに、わざわざ饅頭を持参して礼を述べ、まるで友であるかのように親しく接してくださった。それが何よりも嬉しかったのです」

思わず、きょとんとした。自覚はなかったが、言われてみればその通りかもしれない。身分にこだわらぬのは、多木川道場の教えと、父の俵兵衛のいい加減さの賜物《たまもの》であろう。

「頼み事をされたのも、おれをそれだけ信じてくださったから。そうでございましょう？　ですから、精一杯働きます」

「違うぞ、衛吉。おれたちは互いに、かけがえのない友を得たのだ」

この前、晋輔や兵六、忠也と出会ったときにも感じた思いが、より強く胸を満たした。

杉並木を吹き抜ける風よりも、さわやかな笑顔が返った。

保山又蔵が、御役御免《おやくごめん》の上に蟄居《ちっきょ》の身となったのは、それから三月後、霜月半ばのことだった。

配下に命じ、手形を故意に濡らし、意図して関越えの邪魔をした。伴頭として不届千万と、大目《おおめ》付《つけ》から厳しい裁きが下された。

知らせを受けたその夜、五人は『勝手』で祝杯を挙げた。

「いやあ、重畳《ちょうじょう》、重畳。かようにうまく運ぶとは思わなんだ」

「城中では、たいそうな噂になっておるではないか。加担した我らも、鼻が高いわ」

「これで婆さまも、少しは浮かばれよう。近々、沼津に墓参りに行くつもりだ」

兵六と忠也、そして晋輔が声高に語り合い、盃《さかずき》を干す。

「これもすべて、武一のおかげだ。ようやってくれたな」

晋輔の厚ぼったい手に背中を叩《たた》かれて、含んだ酒がむせそうになる。

「いや、おれひとりでは、とても成し得なかった。皆が手伝うてくれたおかげだ。改めて礼を申す」

頭を下げながら、ちらりと騎市を見た。友はただ、淡い笑みを返す。

証《あか》しを集め、大目付に訴え出たのは武一と晋輔だが、こうも早く評定が開かれて、保山が裁かれたのは、騎市が裏で家老や年寄に根回しをしたに違いない。騎市は何も語らなかったが、武一はそう察していた。

「それにしても、騎市があの騎山家の跡取りとはな」

「出世を果たしたら、ぜひこの松田忠也を引き上げてくれよ」

「それでは保山と、同じ穴の貉《むじな》ではないか。騎市はさようなこす辛《から》い真似はせぬぞ、なあ騎市」

過日、三人にも、騎市の出自を明かした。驚きはしたものの、ことさらにへりくだる真似もせず、こうして酒の席でたまさか肴《さかな》にする程度だ。

「出世か……先の道なぞ、誰にもわからぬしな」

「騎市……？」

「いや、せっかくの祝いの席に、ぼやきは禁物だな」

武一の詮索《せんさく》を払うように、騎市は兵六と忠也の盃に酒を注ぐ。

関所で突き返された手形を集め、被害の者から仔細をききとるのは、根気の要る仕事だったが、兵六と忠也が力を尽くしてくれた。

そしていちばんの功労者が、もうひとりいる。少し遅れて、その男が到着した。

「お初にお目にかかります、岡衛吉です。今日はお招きいただき、ありがとうございます」

「おお、よう来たな。ささ、堅苦しい挨拶《あいさつ》は抜きにして、存分にやってくれ」

巨漢の晋輔が、自分のとなりに衛吉を座らせ、六人車座になって改めて祝杯をあげた。

『勝手』はことに、干物の炙《あぶ》りが旨《うま》い。カマスの開きやイワシを肴に、酒が進んだ。

「それにしても、武一はよう思いついたな。すでに嫌がらせに遭うた者ではなく、これから遭う者を探せばよいとは、なるほどだ」

酒に強いらしい兵六が、しきりに感心する。反対に忠也は顔に出やすいたちらしく、すでに真っ赤になっていたが、口調は案外しっかりしていた。

「おかげで保山の悪事を、辿ることができた。衛吉が小まめに知らせてくれた故《ゆえ》、我らも早々に確かめることができたしな」

武一と晋輔に使った手口は酷似しており、衛吉の話からも、保山が同じ不心得をくり返していたと推察された。しかしこれまでに被害に遭った者は、探しようがない。

それなら、これから嫌がらせを受ける者に当たればよいと、武一は考えついた。

保山が月番を務める八月は、半月以上残っている。わずか五、六日でふたり嵌《は》めたのなら、おそらくはもっと多くの者が、同じ泣きを見る羽目になるはずだ。

城下にいる武一では確かめようがないが、有難くも衛吉が味方についてくれた。

「この先、おれと同じように、伴頭の物言いで関所を通れぬ者がいれば、その者の名や所在を確かめて、知らせてはくれぬか」

衛吉に隠密を頼んだのは、そのためだった。礼を重ねられ、衛吉は恐縮しながら打ち明けた。

「おれもずっと旅人改めに張りついているわけにもいかなくて、それだけは難儀しましたが、足軽仲間が助けてくれました。おれたち足軽を侮って、嵩高《かさだか》な真似をなさるお侍はおりますが、中でも保山さまはひどかった。誰もが頭にきてましてね、喜んで手を貸してくれました」

そのおかげで、小田原藩の家臣がひとり、城下に住まう町人がふたり、やはり同じ手口で手形を突き返されていた。ただ、恨みがあったわけではなく、手形を濡《ぬ》らした不届きを罰するためであったと、保山はお白洲《しらす》でそのように言い張った。

温暖な小田原城下と違い、箱根の山頂付近は、年中雲がかかり雨天もことさら多い。文句をつける理由には事欠かず、保山は旅人に嫌がらせをくり返した。

伴頭の命で、実際に手形を水に浸したのは、番士筆頭格の中田だった。父の俵兵衛が憐《あわ》れんでいた平侍と同様に、保山に目の敵にされ逆らえなかったようだ。理由はともあれ、保山とともに裁かれて、ふたりの悪行に感づいていながら見て見ぬふりを通していた残る番士ふたりも、やはり役目を降ろされた。

「これだけ働いたのだから、褒美《ほうび》を賜ってもよいと思うが」

「上席にある者を訴えたのだ、下手をすれば逆に叱《しか》りを受けたやもしれん」

「かように美味《うま》い酒が飲めたのだから、それで良しとしなければな」

森下道場の三人が、そんな話を交わし、衛吉も交えて宴たけなわだ。武一のとなりで、騎市が小声で呟《つぶや》いた。

「まだわからぬぞ。そのうち、褒美を下されるかもしれぬ」

「騎市、何だ？　何やら思わせぶりだな」

「その褒美を、武一や皆が気に入るかどうかは、わからぬがな」

悪戯気な笑みで、そのときは煙《けむ》に巻かれた。真意に気づいたのは、それから半月後だった。

月が変わった師走朔日《しわすついたち》、武一ら四人に、意外な褒美が下された。

「おれが、御先弓方に……？」

「さよう、ただの組替えではなく、扶持《ふち》も加増されて五人扶持と相成った」

騎市からきかされたときは、ただただ戸惑った。

「おまえだけではない、斉藤兵六も同じ御先弓方を、松田忠也と越坂晋輔は、御先筒方を賜った」

やはりいずれも、わずかながら扶持高が上がるという。大久保家では、滅多にお目にかからない厚遇と言える。

「おまえが計ろうてくれたのか、騎市？」

「中小姓風情《ふぜい》に、できるわけがなかろう。ご家老直々の差配だ。ただ、その真意はわかっておるがな。いわば箱根関所の梃入《てこい》れだ」

伴頭という関所の内でももっとも上位にいた者が、何とも情けない不始末を犯した。家中では重く受け止められて、改めて手綱を引き締めんとの意図があるようだ。

「それに、伴頭と番士、合わせて四人が関所役を外されたからな。補わなければならぬ」

あの晩と同じ、悪戯気な笑みが浮かぶ。遅まきながら、武一も気づいた。

「たしか、関所の伴頭は、御先弓頭と御先筒頭から任ぜられるときいたが……」

「さよう、関所番士もまた、両組から出されるのが慣いでな。おそらく年が明けたら、正式に任が下されよう」

思わずがっくりと、肩が前のめる。城を離れ、あのような辺鄙《へんぴ》な土地に暮らすとは、少しも心が浮き立たない。

「そう気を落とすな。衛吉はきっと、喜んでくれよう」

いかにも嬉しそうな足軽の顔が浮かび、同時に、ふわりと女の影が立った。

「そうだな……仲間もいることだし、別の褒美もあるかもしれぬしな」

「別の、とは何だ？」

いや、とはぐらかす。

仰いだ箱根の頂きは、今日も雲に覆《おお》われていた。

氷《こおり》目《め》付《つけ》

「この急坂を、またもや登る羽目になろうとは」

せり上がる息の隙間《すきま》から、武藤一之介はぼやいた。半年前と違って、応じる声がある。

「いまからその有様では、先が続かぬぞ。これから四月《よつき》ごとに通うことになるからな」

隣を歩く巨体の侍は、にかりと笑った。

「晋輔は、嬉《うれ》しそうだな」

「武一がおるからな。新しきお役目は少々荷が重いが、おまえがおれば心強い」

力士並の大男が、子供のような笑顔を向ける。図体に似合わず、いたって素直で気持ちも優しい。見知りになってまだ半年ほどだが、越坂晋輔の人となりは心得ていた。

武一は師走朔日《しわすついたち》、御先弓方に配され、年が明けて一月二十日、正式に箱根番士の役目を賜った。御先筒方の晋輔も同様だ。

今日、二月二日は、武一と晋輔には箱根番士としての初出仕にあたる。

箱根番士の交代は、毎月二日に行われるのが慣わしだった。

小田原城下では梅はとうに散り、あと半月ほどで桜が咲く時分だというのに、箱根はまるで春に見放されたように、景色は未《いま》だ冬のままだ。温暖な城下との落差が激しく、ひと足ごとに冬に向かって逆行するかに思えてくる。

「この先、ひと月もお山に籠《こ》められては、花見もできぬうちに桜が終わってしまうわ」

「桜なら、箱根にもあろうが」

「箱根は小田原より、半月ほど見頃が遅いというからな。つまりはひと月後、桜を拝めぬまま、我らは下山となろう」

「そうか、それはちと残念な……となれば、兵六と忠也は、二度も花見ができるということか」

「何とも理不尽な……如月《きさらぎ》番に就いたが運の尽きか」

つい大きなため息がこぼれる。花を愛《め》でる風流はもち合わせていないが、桜だけは別格だ。春の訪れを鮮やかに披露目《ひろめ》てくれる上に、酒も付く。

「だが、おれは、如月番でよかったと思うておるぞ」

「何か良いことが、あったか？」

「我らの勤番は、衛吉に重なるではないか」

若い足軽の人好きのする顔が浮かび、ああ、と声が出た。

番士は四月おきの勤番で、武一と晋輔は、二月・六月・十月に箱根に詰める。一方で足軽はひと月ごとの交代であり、衛吉は偶数月の勤番である。

「兵六や忠也は、見事に外れるからな。あいつらは、うらやましがっておったぞ」

「たしかに、衛吉がおるのは心丈夫だな」

晋輔と斉藤兵六、松田忠也は、いずれも歳《とし》は武一よりひとつふたつ上になるのだが、保山を懲《こ》らしめた一件を機に、いまではすっかり気のおけない間柄になった。岡衛吉もまた仲間であり、箱根から城下に戻るたびに、親しく行き来していた。

保山の悪事を暴《あば》いた褒美《ほうび》として武一ら四人は、ともに組替えを賜り、わずかながら扶持《ふち》も増えた。

武一と兵六は先弓組に、晋輔と忠也は先筒組に配されたが、思わぬ余禄《よろく》も付いた。箱根勤番を、仰《おお》せつかったのである。

箱根詰めの伴頭と番士は、先弓・先筒の両組が担《にな》う慣わしであった。

——いわば箱根関所の梃入《てこい》れだ。

竹馬《ちくば》の友である、騎山市之助の涼しい顔が目に浮かぶと、少々癪《しゃく》に障《さわ》る。

「騎市ときたらまったく、食えない男よ」

「何をぶつぶつ言っておる？」

何でもないと、口を尖《とが》らせて返した。半歩先を行く男は、巨体に似合わずぐいぐいと歩を稼ぐ。

「しかし晋輔は、そのからだで、よう息が切れぬな」

「毎日、鍛錬しておるからな」

「さすが森下道場の師範代だけあるな」

「武一は多木川道場であったな。無聊《ぶりょう》の折には、ひとつ手合わせ願えるか？」

「望むところだ！」

やけくそのように放った声が、右手の山からこだました。

関所の江戸口御門が見えてくると、六尺棒を手にした足軽が、嬉しそうに走り寄ってきた。

「おお、衛吉！」

「おふたりをお迎えしたくて、日の出からこちらの口に張りついておりました」

「おまえがおると心強いわ。これから何かと世話になるが、よろしく頼む」

「おれも武一さまや晋輔さまとご一緒できて、励みになります。何なりと、お申しつけください」

　衛吉の笑顔は、人を和《なご》ませる。山上の冷たい空気がにわかに温《ぬく》もったように感じたが、厳《いか》めしい高麗《こうらい》門を潜《くぐ》り大番所に至ると、たちまち気持ちが冷えた。

「遅いではないか！　すでに早野《はやの》さまは、お着きになっておられるのだぞ。さっさと挨拶《あいさつ》せんか」

　着いて早々、杉田久作《すぎたきゅうさく》に一喝された。晋輔と同じ先筒組で、歳は四十過ぎ。三人の番士のうち、いちばんの年嵩《としかさ》にあたる。関所詰めも初めてではなく、いわばふたりにとっては先輩番士である。

　在番に当たる者は、日の出から一時《いっとき》半後にあたる、朝五つ半までに到着するよう申しつかっている。まだ暗いうちから出立《しゅったつ》しただけに、刻限には間に合ったはずなのだが、上席のふたりに先を越されては、たしかに面目が立たない。杉田に追い立てられて、あたふたと上の間に赴いた。

　大番所を、内から眺めるのは初めてだ。後で畳を数えてみると、手前の面番所は十七畳半、奥の上の間は二十七畳もあった。その上座には、先月と今月、ふたりの伴頭が並んでいる。たいそう恐縮しながら、武一と晋輔はそろってふたりの前に平伏したが、今月の当番たる早野は特に気を害した風もない。

「よいよい、引き継ぎまでにはまだ間があるからな。おまえたちは徒歩《かち》で来たのか？ご苦労であったな。この歳になると、さすがにきつくてな。わしは駕籠《かご》で参った」

今月の伴頭が早野八太夫《はちだゆう》であったことに、武一は内心で感謝した。

先弓組頭を務める早野は、城内でも武一の上役にあたるが、六十を過ぎた好々爺《こうこうや》でいたって穏やかな人物だ。ただ、あいにくと、同じ伴頭とは年に一度しか顔を合わせることがない。

先弓組と先筒組には、それぞれ組頭が四人いて、その八人の内六人が、年にふた月ずつ関所伴頭を兼務する。番士とは勤番が異なるために、早野と組むのは今月のみということになる。

先月の伴頭は、晋輔の上役である先筒組頭であったが、ひと月ぶりに山から解放される喜びを隠そうともせず、こちらもいたって上機嫌だ。早野からきかされる城内の四方山話《よもやまばなし》に、熱心に相槌《あいづち》を打っていた。

気持ちが冷えたのは、上役のためでも、少々小うるさい先輩番士のためでもない。

やれやれと気を抜いたとき、上の間の縁に端座した侍に初めて気づいた。

誰だ？　と、目でたずねたが、晋輔も小さく首を横にふる。ともに先弓・先筒組に役替えされてふた月、組内の顔ぶれもすでに把握したはずだ。もとより、これほど異質なものを纏《まと》う御仁を、見逃すはずはない。

中背で細身のからだは、鋭利な刃物を思わせる。名工により念入りに研ぎ澄まされた、底光りする刀である。振るえば一枚の木の葉でさえも、すっぱりと両断されそうな怖さがあった。

不躾《ぶしつけ》な視線に気づいたのか、雪の積もった外をながめていた面《おもて》が、こちらに向けられた。

目が合って、ぞくりとした。眼光の鋭さに射《い》竦《すく》められて、微動だにできない。箱根の風よりも冷たい、凍るほどの冷気を感じる。道場で師範代を務める晋輔ですらも、気を呑《の》まれているようだ。大きな熊《くま》の像のように、ぴくりともしない。

「こら、おまえたち、何をぼんやりしておる。ご挨拶せんか」

杉田にどやされて、呪縛《じゅばく》が解けた。畳に頭突きする勢いで頭を下げたのは、礼儀云々《うんぬん》よりも、氷めいた瞳《ひとみ》を避けるためだった。

「当月の番士を拝命いたしました、御先弓組、武藤一之介にございます」

「同じく御先筒組、越坂晋輔。何卒《なにとぞ》よろしくお引き回しのほどを」

ふたりの名乗りに、抑揚のない声が問うた。

「武藤に、越坂だと？……では、この前の関所伴頭の不届きを訴え出たのは、おまえたちか」

怒っているのか呆《あき》れているのか、それすらわからない。

畳と睨《にら》み合ったまま、はい、とか細い声で応じた。

「面《おもて》を上げよ」

命じられ、身を起こしたものの、視線は畳からどうしても上がらない。逆に相手は、とっくりとこちらを検分しているようだ。無言のまま長い間があいて、とうとう耐え切れず、武一はそろりと顔を上げた。相手の顔を、初めて正面からながめる羽目になる。

細面《ほそおもて》の中に、目鼻が少しの狂いもなく配されている。整っているといえようが、あまりに整然とし過ぎていて、彫り上がったばかりの人形の首のようだ。

「望月《もちづき》嘉門《かもん》だ。本日より、横目《よこめ》付《つけ》として当関に詰めることと相成った」

――横目付？

目付は家中の監察を担う役目で、横目とも称される。しかし関所に目付とは、きいたためしがない。

わいた疑問は腹の内に留め、その先は型通りの文句を交わして上の間を辞した。同じ訝《いぶか》しさを抱えていたのだろう、廊下に出ると、すぐさま晋輔が杉田にたずねた。

「関所に目付がおるとは思わなんだ」

「なんだ、おまえたち、きいておらぬのか？　本年今月から、新たなお役として据えられたのだ。名のとおり、伴頭や番士を見張ることがその務めよ」

伴頭・番士から足軽まで、半分を上回る人員が、今月から総入れ替えとなったことは、武一もきいていた。関所業務に障るのではないかと危惧《きぐ》されるほどの数だが、さらに念を押すように、新たな布石が打たれた。

騎市の言った梃入れの最たるものは、横目付であったのか――。

武一はようやく気がついた。

「目付役は、もとよりおったのだがな。いわばわしのような番士筆頭格の者が、検《あらた》め役も担っていたのだ。とはいえ、同じ組にいる者の粗相《そそう》を、いちいちあげつらうわけにもいかぬし、ましてや組頭の不届きを咎《とが》めるなぞ、できようはずもなかろう」

有名無実と化した目付を、改めて関所に置くために、横目付という新たな役職が設けられ、人員も先弓・先筒組の外から集められた。中之《の》御番、先手組頭、吟味方と、あえてさまざまな役職から四人をえらび出し、箱根関所横目付を兼務させたという。

「ちなみに、望月さまは？」と、武一が口をはさむ。

「あのお方は、御目付役から参られた、いわばその筋の玄人《くろうと》よ。十人目付の中でも、ことさらの切れ者との噂《うわさ》でな、不料簡《ふりょうけん》や抜かりには容赦がない。情けなど欠片《かけら》もないようなきつい糺《ただ》しようでな、陰では氷目付と呼ばれておる」

まさに氷さながらな視線を思い出し、ぶるりと震えが走った。

「あのような御仁に居座られては、片時も気が抜けんわ。なにしろ横目付の勤番は、我ら番士と同じ、四月ごとであるからな」

「ということは、この先もずうっと、我らは望月さまに見張られながら関守を務めると？」

さよう、と顔中の皺《しわ》を眉間《みけん》に集めたような形相で、杉田がうなずく。新参のふたりも、さすがにげんなりした。

「なんだ、その顔は？　もとはと言えば、おまえたちのせいなのだぞ。保山殿はたしかに、根性曲がりのいけ好かないお人であったが……」

「杉田殿にとっても、癪の種でありましたか」

晋輔の正直な相槌に、ごほん、と咳払《せきばら》いを返す。

「上役の差配に目くじらを立てず、見て見ぬふりをするのが大人であろう」

「お言葉ですが、たとえ上役と言えど、不正は不正。見過ごすわけには参りませぬ。身分の低い侍や町人たちが困るようすを愉《たの》しんでおられた」

しかも保山殿の行いは、我らが被《こうむ》った意趣返しに加え、大方は嫌がらせ。

　吟味方の調べによれば、保山が最初に的にしたのは、なんと女であった。

　小田原城下の料理屋で働く仲居で、保山は言い寄っていたのだが相手にされない。女は沼津の出で、実家を訪ねる折には箱根を通る。袖《そで》にされたことをかねがね憎く思っていただけに、保山は不埒《ふらち》な悪戯《いたずら》を思いついた。とぼとぼと小田原に引き返す姿に、大いに溜飲《りゅういん》が下がり、やがてはくせになった。上に逆らえない気弱な中田を引き込み、手形の細工に加担させ、そんな子供じみた嫌がらせを、かれこれ二年も続けていた。

「金のためならまだしも、どうしてそんな馬鹿《ばか》げた悪戯を続けたのか」

　いつだったかその疑問を、騎市にぶつけたことがある。

「城下と違って、山の上にはろくな楽しみもない。退屈を紛らすための暇潰《ひまつぶ》しだったのかもしれぬが……」

「暇潰しにしては、度が過ぎよう」

「あるいは、勝手きままに権をふるうことに、心地良さを覚えていたのやもしれんな。

御先筒組頭は、お目見えこそ叶《かな》うものの、位は決して高くない。しかし関所という小さな城の中では主《あるじ》となるからな。殿さまにでもなったかのように、浮かれていたのだろう」

　名家に生まれた騎市には、少しでも自身を大きく見せようと、権に固執する者の卑小が見えていたのかもしれない。しかし武一には、やはり呑み込み難かった。どんな理由をつけようと、弱い者苛《いじ》めには変わりがないからだ。

「おれたちならまだしも、女子《おなご》や年寄にまで要らぬ難儀をかけていたのですぞ。許される所業ではありませぬ」

「武一の言うとおりだ。下々を守るのが武士の本分というに、あまりに情けない！」

　新参ふたりに正論をぶつけられ、杉田が心底うんざりしたようすでため息をつく。

「青くさい論は、ほどほどにしておけよ。騒ぎのもとになるからな。よいか、長く同じ場所に置かれていた物には埃《ほこり》がたまる。おまえたちが考えなしに動けば、それだけで埃が舞い立ち、とばちりを受けるのはわしなのだからな」

　余計な真似《まね》はせず、くれぐれも大人しくしていろと釘《くぎ》をさす。伴頭と若い番士に挟まれて、それだけでも気苦労が絶えず、気詰まりな目付まで据えられた。その一切の責めは、目の前のふたりにあると言いたげだ。

「氷目付殿だけでも気が重いというのに、よりによっておまえたちと組まされることになろうとは……貧乏くじにも程があるわ」

四十過ぎの番士のため息は、廊下を行くあいだ中、止《や》むことがなかった。

大番所は、表と奥に分かれている。

上の間と面番所が表であり、奥は番士らが寝食を共にする住居となっていた。

表と奥を繋《つな》ぐのは、坪庭に面した短い廊下で、途中に厠《かわや》もある。庭の景色は未だに雪一色で、辛うじて松葉の緑が拝めるくらいだ。愛想に欠ける坪庭を横目に、廊下を左に折れると、囲炉裏の切られた板の間に出た。勝手の間であるようで、土間には竈《かまど》が据えられていた。

「初のお役目で、お疲れでしょう。どうぞこちらで一服してくださいまし」

待ちかねたように、衛吉が囲炉裏に招き、茶を淹《い》れてくれた。

「まだ、挨拶をしただけだ。疲れる道理がなかろう」

杉田に嫌味をこぼされながら、差し出された茶碗《ちゃわん》を受けとる。

春のいま時分ですら、早朝には薄い氷が張るという。茶碗を両手で包み、熱い湯が喉《のど》を過ぎて腹に収まると、ほっと人心地つく。

「いや、旨《うま》い。ここでは茶は、何よりのごちそうだな」

「まったくだ。有難さが身にしみるわ」

武一と晋輔が、しみじみと茶を味わう。茶の一杯で大げさだと、衛吉が苦笑する。

「昼は茶漬けですが、夕餉《ゆうげ》は楽しみになさいませ。今日は皆さまの顔合わせですからね、腕によりをかけて膳《ぜん》を拵《こしら》えます」

「おまえが作るのか？」

「宿場人足の女房たちも手伝ってくれますが、飯炊《めした》きはおれたち足軽がこなします」

関所に隣接する箱根宿からは、一年で延べ千人近い人足が、下働きとして駆り出される。「箱根御用人足」と称されて、雪かきや大工仕事、役人が見廻る折には、案内や船漕《ふねこ》ぎなどを命じられた。関所役人が交代する際も、荷運びを担う。新参ふたりの荷物もまた、わざわざ箱根宿からやってきた人足たちが、山上まで運び上げてくれたのだ。

むろん宿場にとっては大変な負担となるが、東海道の他宿には、伝馬《てんま》人足として各々《おのおの》百人を出すよう御上より求められる。箱根御用の代わりに、そちらは免除されており、唯一《ゆいいつ》、幕府の早飛脚《はやびきゃく》だけは、馬と人足を出して次の宿に繋がねばならなかった。

その女房たちが、夕餉の仕度に駆けつけて、また洗濯も引き受けてくれるが、関所の内の掃除は、足軽の役目だった。朝に飯を炊き、朝昼に簡単な食事を整えるのもやはり足軽の仕事だが、衛吉は嫌いではないようだ。

「料理は存外、得手なようで、ことに魚捌《さば》きは誰にも負けません。山間《やまあい》だけに、海の魚にはありつけませんが、芦ノ湖には川魚が多くいて味も良いのです」

「ほう、それは楽しみだ」

　からだに見合う大食漢の晋輔が、舌舐《したな》めずりをする。

「おふたりとも、椀《わん》や器はおもちくださいましたか？　こちらでお預かりしますので」

　ここには食器すらないようで、飯椀や皿小鉢などを各々が持参する。布団《ふとん》だけはあるものの、ひと月分の下帯や着替えなど、母が整えてくれた荷は結構な嵩《かさ》になった。

「湯殿《ゆどの》もありますが、盥《たらい》と桶《おけ》が置かれているだけで、からだを拭《ふ》いたり足をすすいだりがせいぜいです。幸いここは湯治場ですから、湯には事欠きません。京口を過ぎた箱根宿に、関所御用達の宿がありますから、風呂《ふろ》はそちらをお使いください」

　細かな気配りは、何よりも新参には有難い。

「そうだ、杉田さま。寝間はどういたしますか？　横目付さまがひとり増えました故《ゆえ》、どのように按配《あんばい》したらよいかと」

茶が濃すぎるとでも言いたげな、渋い顔を杉田が返す。

「按配も何も、寝所はひと間しかなかろう。衝立《ついたて》で仕切って、奥を早野さまと望月さまにお使いいただき、我ら三人は手前で休む」

「ですが、これまでは……」

「衛吉、よけいなことを申すな。よいな」

怖い顔で、口を封じる。勝手口を出て、関所の外を案内しながら、衛吉が仔細《しさい》を説く。

「大番所の寝間は、十二畳しかありません。布団を並べると案外狭くて、鼾《いびき》や歯ぎしりが煩《うるさ》いと揉《も》めたこともあったそうで」

「たしかに……大の男が四人も五人も詰め込まれては狭苦しい」

「晋輔ならふたり分にはなろうから、都合六人、ひとり二畳か……おまけに上役と枕《まくら》を並べては、おちおち眠ってもおられんな」

聞き手のふたりが、大きくうなずく。

「くらべて表のふた間は、合わせて四十畳以上もありますから。それで御伴頭は上の間で、次席にあたる御番士筆頭は面番所で、それぞれ休まれておったのです」

城中でも、公は表と中奥、私は大奥と、きっちりと隔てられている。仮にも執務を行う座敷を寝間に使うのは、暗黙のご法度《はっと》である。横目付に知れれば、たちまち不興を買いかねず、杉田は耳に入れぬよう衛吉に戒めたのである。

「席の順に床を延べるとなれば、氷目付殿のとなりは杉田殿か……」

「それはさぞかし、寒かろうな」

ふたりのやりとりで絵面《えづら》が浮かんだのか、衛吉はおかしそうに喉を鳴らした。

朝のうちに挨拶と引継ぎを済ませると、先月の伴頭と番士筆頭は早々に関所を立ったが、下《した》っ端《ぱ》のふたりの番士は、もう一日勤務が伸びた。新参の当月番士、要は武一と晋輔のためだ。その日一日、ふたりは面番所の奥に座らされ、番士たちの仕事ぶりをながめていた。

渡されたのは、五十箇条にもおよぶ「箱根伴頭方覚書」なる心得である。

伴頭、ひいては配下の番士のわきまえを列挙してあるのだが、武一は読み書きが得手ではなく、晋輔はさらに輪をかけて苦手なようだ。覚書を開いてまもなく船を漕ぎ出した。すかさず、背後に控える杉田から叱責《しっせき》がとぶ。

「こら、越坂、そのでかい図体で居眠りとはいい度胸だな。武藤は、覚えたのか？」

「お言葉ですが、杉田殿、まだ半時も経《た》っておりませぬ。五十にもおよぶのですから、三日はかかるかと」

「やれやれ、先が思いやられる。何の因果でおまえたちのような新参を、わしが世話せねばならぬのか」

否応《いやおう》なく指南役を任された杉田からは、チクチクと絶えることなく愚痴がこぼれる。

「まあ、おまえたちが如何《いか》にヘボでも、定番人《じょうばんにん》さえおれば、滅多な粗相は犯すまい」

「定番人とは……あの端におる、足軽のことですな？」

声を落として、武一がたずねる。

面番所の役人は、小机を三つ並べて手形改めを行うが、旅人から見て左端の机は、足軽身分の定番人が占めている。身分は低くとも、旅人の吟味はほぼすべて定番人がこなし、横にならぶ番士ふたりは、手形改めと書役《かきやく》に徹していた。

「定番人はいわば、関所の生き字引に等しい。我ら番士は月ごとに据え替えられるが、定番は代々世襲で箱根を動くことはない」

「世襲ですか……」

「さよう、定番の家は三家あってな、当番を決めてひとりずつ関所に詰めておる。身分は足軽に過ぎぬが、定番人がおらねば関所はたちまち滞るわ。おまえたちが十人おるより、ひとりの定番人の方がよほど助かるということよ」

皮肉を挟み、面倒そうな顔をしながらも、杉田は定番人の仔細を説いた。

定番人は、立木《たちき》、塚本《つかもと》、大西《おおにし》の三氏で、ともに関所の両袖に住まっている。交替で関所に通い、手形改めには必ず立ち会う。

今日の当番は、塚本典右衛門《てんえもん》。恰幅《かっぷく》の良い壮年の男で、旅人から受けとった手形をいのいちばんに改め、声に出して読み上げる。

「此《こ》の者三人、右の者、豆州修善寺《しゅぜんじ》まで入湯に罷《まか》り越し申し候《そうろう》間、御関所、お通しあそばされ下さる可《べく》候」

人数や目的地こそさまざまだが、文面はほぼ似たようなもので、これもまた退屈を誘う。ほどなく眠気を催した。なにせ真夜中に起床して峠を登ってきたのだから、すでに一日分の体力は使い果たしている。気を張らねばと背筋を伸ばしても、目蓋《まぶた》はだらしなく下がってくる。

「明日からあの場所に座るのは、おまえたちであるからな。心してかかるように」

杉田の説教すら、だんだんと遠のいていくようだ。番方の家柄に育っただけに、書物のたぐいはどうも受けつけず、じっと座っていることさえ苦痛だった。おそらくは晋輔も、同じ手合いだろう。ちらととなりに目をやって、ぎくりとした。

二間を仕切る襖《ふすま》は、日中は開け放たれて、となりの上の間と続いている。

上の間の真ん中には、伴頭の早野が縁を向いて座しているが、背後は何とも物々しい。十張の弓と二十挺《ちょう》の鉄砲がずらりと並び、旅人を威嚇《いかく》し関所破りを無言で戒める。だが、武一を縮み上がらせたのは武具ではない。早野の席と直角の形で、横目付の机が配される。つまりは番士の仕事ぶりを、常時見張ることのできる位置だ。晋輔を窺《うかが》ったとき、ほんの一瞬だが、たしかに望月と目が合った。

氷の針で刺されたように、たちまち縮み上がった。自身を隠してくれる晋輔の巨体が、ことのほかありがたい。武一のようすから、晋輔も目付の存在に気づいたようだ。船を漕ぎ出しゆらゆらしていた頭が、ぴたりと止まる。

「何をきょろきょろしておる。ちゃんときいているのか？」

「はい、杉田殿」

「委細承知」

返事だけは大まじめなふたりに、先が思いやられると、杉田はまたぼやいた。

それからまもなく、関所の内はにわかに慌《あわただ》しくなった。

「早野さま、御城より早飛脚が参りました」

上の間の縁先に跪《ひざまず》いたのは、足軽小頭であった。衛吉ら十二人の足軽のまとめ役である。伴頭の早野に、城からの書状をさし出す。

目を通すなり、温厚な早野の顔が、明らかに引き締まった。いったん旅人の通行を止めさせて、番士らを上の間に集める。

「昨晩、小田原宿の商家で押し込みがあってな。賊に抗《あらが》ったその屋の息子が深手《ふかで》を負った」

「なんと……」

杉田がしばし絶句する。その間に、早野は手早く書状の内容を配下の皆に告げた。

襲われたのは、古《こ》新宿《しんしく》町の「湊屋《みなとや》」という干物店で、三十二両が奪われた。すでに町奉行所の配下が当の商家に出張り、ひととおりの聞き取りも済ませたようだ。押し込みの仔細も書かれていた。

古新宿町は、小田原宿の東端にあたり海に近い。湊屋はさほど大きな店ではなく、女中や下働きはいるが、手代《てだい》などは置かず、主人夫婦と息子夫婦の四人で店を回していた。

賊の側も、最初から押し込み強盗をするつもりはなく、どうやら家人を起こさぬよう忍び込み、屋内を物色していたようだ。物音に気づいた息子が騒ぎ立て、賊のひとりに組みついて、その腕をふり払わんと賊が刃物を突き立てた。

盗人《ぬすっと》一味は三人。闇夜《やみよ》の上、頭巾《ずきん》で顔を隠していたから顔はわからない。ただ、金の在処《ありか》を聞き出したり息子と揉み合ったりした際に、上方訛《かみがたなま》りがあったという。

小田原領内から東海道を西に上る恐れあり。怪しい者は決して関を通さず、見つけしだい速やかに捕えよとの達しであった。

「どういたしますか、早野さま？　ひとまず御門を閉めて、人の行き来を封じるべきかとも……むざむざ関を通したとあらば、我らの面目が立ちませぬし」

「いや、それでは彼奴等《きゃつら》を捕えることができぬ。関を通れぬとあらば山越えを試みるか、あるいは江戸へと方角を変えるやもしれぬ。小田原領から抜ければ、探し出すのは難しかろう」

杉田の案に、すぐさま異を唱えたのは横目付の望月だった。

ふうむ、と早野が決めかねるように天井を仰いだ。こういうときに頼りにされるのが、関所の生き字引たる定番人だ。早野は塚本典右衛門にたずねた。

「恐れながら、如何なるときにおいても、関を閉ざした例《ためし》はありませぬ。かの由井正《ゆいしょう》雪《せつ》の乱においても、守りを固め、改めを厳しくせよとの達しはございましたが、通りを禁じたわけではありませぬ」

由井正雪とは、何とも古い。すでに百七、八十年も前の事件だが、それだけ関所破りが少ないことを物語る。由井正雪は江戸で倒幕を企てたが発覚、駿河《するが》へと逃げる折に箱根関所を抜けた。とはいえ、関所を押し通ったわけではなく、仲間の者が入手した道中手形が使われたのだが、箱根において初の関所破りとして名を残している。

　由井から数えて、関所破りとして挙げられた罪人は、ほんの数人しかいないという。

　そのあたりも承知している番士らが、それぞれ考えを述べる。

「昨夜ということは、とうに関を抜けたのでは？　関所は朝六つから開門し、いまは四つ半。二時《ふたとき》以上も過ぎておりますから、すでに抜けたと考えるべきでは？」

「たしかに、五分五分といったところか……」

「いや、そもそも箱根は避けるのではあるまいか？　遠回りにはなるが、根府川《ねぶかわ》や矢《や》倉沢《ぐらさわ》の方が、抜けるに容易《たやす》いと考えそうに思うが」

「それならいっそ、残る三関の方が抜けやすかろう。番士もおらぬし、在の者が立ち番をしているに過ぎぬからな」

「いや、あの三関は往来が少ないだけに、かえって目立つ。そもそも小田原領外の者では、関の場所すら摑《つか》めぬはずだ」

　杉田と先月の番士らが、あれこれと意見を述べ合う。新参ふたりは蚊帳《かや》の外だ。

　小田原領には箱根の他に、五つの関所が設けられていた。箱根の左右を守る形に据えられた根府川と矢倉沢には、番士や定番人などが置かれている。残り三ヵ所はさらに規模が小さく、在郷の村々から番人を出していた。

「どちらにせよ、関を閉ざすわけにはいかぬか……。幸い人手だけは常より多いからな。怪しき者はことごとく留め、よくよく改めよ。たしか、足留めは構わぬな？」

「はい、場合によっては、しかと身の証《あか》しが立つまで、二、三日留め置くこともございます」

早野に向かって、定番人の塚本がこたえる。

「しかし胡乱《うろん》な者を見定めるのも、なかなかに難しい。賊の年恰好《としかっこう》なぞは、わからぬのですか？」

「あいにくと、その辺りは何も書かれてはおらぬな。町奉行所の調べが進めば、おいおい仔細も届こうが」

「胡乱な者を見定める……ですか」

と、武一が呟《つぶや》いた。初出仕であるだけに、それまで周囲の話に黙って耳を傾けるしかなかったが、眠気がすっかり吹きとんだ頭で、最前から思案を巡らせていた。

「武藤、何か考えがあるのなら、申してみよ」

小さな呟きを拾ってくれたのは、意外にも氷目付であった。

「それがしと越坂は、手形改めは不慣れなだけに、関所の内では役に立ちませぬ。代わりに外で、働かせていただけませぬか」

「というと？」

「平たく申さば、隠密にございます」

武一が自身の思いつきを述べると、晋輔は瞳を輝かせ、伴頭も乗り気なようすを見せる。望月は少しのあいだ黙考し、難点を上げた。

「悪くはないが、越坂は少々目立ち過ぎる。隠密には向かぬのではないか」

「たしかに……」

「いっそ足軽を装《よそお》って、門の外で睨みを利《き》かせるというのは如何《いかが》でござろうか？」

「おまえに合う足軽装束など、仕度ができんわ」

よほど隠密に加わりたいのか、晋輔が熱心に申し出たが、杉田に一蹴《いっしゅう》されて残念そうに肩を落とす。望月は、ちらと大きなからだをながめた。

「越坂はたしか、武芸に秀《ひい》でていたな。万一、賊が刃物を抜いても、捕えることができるか？」

「はい、お任せください！　きっと召し捕ってご覧に入れます」

「それなら、こういう手は如何かと」

と、望月が、巨体の侍に似合いの役所《やくどころ》を、伴頭に申し述べた。

「おお、それは良き考えだ。越坂は仕度を、武藤はさっそく動いてくれ」

早野が賛成し、話は決まった。武一が勇んで立ち上がる。

「小頭殿、できれば岡衛吉に助太刀願いたいのですが」

「わかりました。衛吉をお連れくださいまし」

足軽小頭の許しを得て、武一は衛吉とともに江戸口から関所を出た。


「武一殿、なかなかにお似合いですよ」

「茶化すな。衛吉こそ、どこから見ても立派な百姓だぞ」

武一の皮肉にも、いかにも嬉しそうに頰を弛《ゆる》める。またこうして、武一の企《たくら》みに一役買えるのが、楽しくてならないようだ。

衛吉は二十歳から箱根の足軽を務め、二年を経て今年で三年目になるだけに、界隈《かいわい》に精通し見知りも多い。近在にある知り合いの農家から、着物から股引《ももひき》まで一式を借り受けて着替え、ともに百姓に化けたのである。

武家衆髷《ぶけしゅうまげ》はほっかむりで隠したが、姿勢や歩き方には武家の癖がしみついている。

「荷を負えば背中が丸まって、少しはらしく見えるやもしれません」

衛吉の案で、背負子《しょいこ》とその三分ほどの薪《まき》の把《たば》も借りて、百姓家を出た。

「武一殿、そんな堂々と前を向いては、すぐにばれちまいますよ。顔はできるだけ伏せておかないと」

「わかってはおるのだが……なかなかに難しいな」

百姓の所作を指南されながら、ふたたび千人溜《せんにんだまり》に着いた。ふたりが門を出てから、ひとりも通してはいないはずだ。さっきよりも待ち人の数は増えていて、二十人ほどはいようか。

「これでも冬場にくらべれば、だいぶ少ないのですがね」

と、衛吉が小声で告げる。町人なら気候の良い時期に旅をするが、百姓は農閑期にあたる冬場に遊山《ゆさん》に出掛ける。夏や秋にはおよばぬものの、冬に関所を越える者は存外多いという。

「旅人の数は、一年でいちばん少ない時分です。町方の者は桜の頃を待って旅に出ますし、明日から彼岸の入りだけに、村方では苗代《なわしろ》に籾《もみ》を撒《ま》く頃合なので」

「賊を見つけるには、好都合であるな。おれは湖側に張りつくから、衛吉は山側を頼む」

「心得ました」

互いに二手に分かれる。武一は芦ノ湖に背を向けて、地面に腰を下ろした。これも百姓家から借りてきた、粗末な煙管《きせる》を出して一服つける。衛吉に言われたとおり顔をうつむけて、頭を覆《おお》う埃っぽい手拭《てぬぐ》いの隙間から、溜で待つ旅人たちのようすを窺う。三人組ときいているが、必ずしもその数とは限らない。別れて、関越えを試みるかもしれない。

わざわざ変装までしてこの場所に陣取ったのは、賊の油断を誘うためだ。

関所の内では、誰もが緊張する。賊もまた、尻尾《しっぽ》を出さぬよう十二分に気を配るはずだ。しかし門の外でなら、少しは素の顔も覗《のぞ》くだろう。用心深く目を凝らせば、他の旅人とは違う後ろ暗さが、何らかの形で捉《とら》えられる。

溜にて隠密を行えば、賊を見つけることができるかもしれない。武一はそう進言した。

あいにくといまのところ、それらしき者たちは見当たらない。武家の旅人が数人と、商用と思《おぼ》しき町人のふたり連れ。武一と同じ出立《いでた》ちの土地の者もいるが、あとはほとんど湯治や参詣《さんけい》に出向く手合いのようだ。ことさらかしましく、伊勢だ京だ金毘羅《こんぴら》だと騒いでいる。

その向こう側に、何食わぬ顔で竹筒を傾ける衛吉が見える。

どうだ、と目でたずねると、かすかに首を横にふった。武一もまた、同じ仕草をする。

衛吉がそれを、目だけで門番のふたりに合図する。ひとりが内に知らせに行き、ほどなく戻ってきた。

「次の者、中へ！」

重々しく告げられ、いっとう騒々しかった五人連れの一団が、門内に吸い込まれた。男がふたり、女が三人で、話の端々から身内のようだ。それまでことに賑《にぎ》やかだった女たちが、ぴたりと鳴りを潜めたのは、女改めの厳しさ故であろう。

江戸方面から西に抜ける女は、いわゆる出女《でおんな》と呼ばれ、ことに改めがしつこく、場合によっては、人見女《ひとみおんな》と呼ばれる関所の改め婆《ばばあ》が出張ることもあるという。

女という語が頭に浮かぶと、何故《なぜ》だか樫木坂《かしのきざか》で会った面影がまぶたをよぎった。かれこれ半年も経とうというのに、未だに脳裡《のうり》から消えてくれず、何かの拍子に武一の胸の内を掠《かす》めるように撫《な》でてゆく。

人妻にこうも執心するとは、我ながら情けない。ただ、半年のあいだくり返し思い出すうちに、よこしまな懸想《けそう》は剝《は》がれ落ち、きれいな欠片だけが残っていた。

おそらくは、この辺りに住まう妻女であろう。

――もう一度だけでも、会えぬものか。

胸の裡《うち》にふくらんだ思いを、頭《かぶり》をふって追い払う。

いまは大事なお役目の最中《さなか》なのだと、自分を鼓舞して頭を現実にふり向けた。

それからも辛抱強く溜に居座ったが、賊らしき旅人は通るようすがない。

武一と衛吉が溜に陣取ったのは、ちょうど昼頃になるだろう。あれから一時《いっとき》半は経つだろうか……いくら何でも遅すぎる。やはり別の関や間道を抜けたか、あるいは朝の内にすでに越えてしまったか……。じりじりとした焦燥だけが募る。

さっきまで盛んに催促していた腹の虫さえ、すでに鳴りを潜めている。今朝、晋輔と峠を登る途中で、母がもたせてくれた握り飯を腹に入れたきり、何も食していない。

一度、大番所に赴いて、早野の指示を仰いだ方がよいだろうか――。

そんな気弱な思いも、氷目付の眼差《まなざ》しに封じられる。怖いのではなく、逆に望月の推測が支えになっているからだ。関所を出ようとしたとき、望月が呼び止めて武一に告げた。

「賊は未だ、領内から出てはおらず、また、越えるとしたら箱根を通る――わしは、そう考えておる」

「何故でございますか？」

「賊のひとりは、商家の息子と揉み合って深手を負わせた。相応の返り血を浴びておるはずだ。賊が旅の者なら、そのままでは宿に帰ることもできぬ。宿場で古着を購《あがな》うにせよ、どこぞの家の物干場から盗むにせよ、朝を待たねばならない。それから峠を登っても、朝のうちには越えることは叶わぬ」

「ですが、道中合羽《どうちゅうがっぱ》などで着物を覆うという手もあるかと」

「たとえ上から羽織ったとしても、べったりと血のついた着物を着たまま、関所に赴くと思うか？　何かの拍子に血の染《し》みが覗けば、たちまち御用だ」

「たしかに……されど、わざわざ箱根を通る道理は、思いつきませぬが」

「湊屋の一件は押し込みと断じられたが、仔細から察するに、賊にはそのつもりはなかったように思われる。組みつかれた折に息子を傷つけたのは、いわば連中にとっても計り難いしくじりであったろう。ならば一刻も早く小田原領を出て、郷里である西国に帰らんとするのが人の情ではなかろうか」

　なるほど、と思わずうなずいていた。他の関や道を行こうとすれば、かなりの遠回りになる。立ち寄る宿場も増え、それだけ捕縛の危険も増える。どこよりも早く上方に至る道は東海道であり、また、出女には厳しい箱根の関も、男であれば抜けるにも造作はない。男旅であれば、手形すら小田原宿の宿で、簡単に手に入る。

「望月さま……」

「何だ？」

「いえ、何も……」

硬く冷たいばかりだった望月の印象が、それまでと違って見えたのだ。

氷と称される目付に、人の情を説かれたのが何やら面映《おもは》ゆく、賊を逃すまいとする意気込みには、顔立ちや佇《たたず》まいには似つかわしくないものを感ずる。

「氷目付殿は、あれで存外、熱いお方かもしれぬな」

独り言を呟いたとき、杉並木を登ってきたふたり連れが、目に留まった。

職人風の出立ちで、ひとりは四十前後、もうひとりは二十代半ばくらいか。

京口側から来たらしい、土地の娘たちが通り過ぎ、背に負った籠《かご》が年嵩の者に当たった。

「すんません」と娘があやまり、「かまへん」と男が上方訛りで応じる。

しかしその後、四半時近くも溜で順を待ちながら、ふたりは一言も口を開かなかった。

ふたり連れで、無言を通すのはめずらしい。上方者となれば、なおさらだ。東国者は口が重いが、西国者は概《おおむ》ね、立て板に水のようによくしゃべる。

山側にいる足軽と目が合い、衛吉がかすかに顎《あご》を引く。最前と同様、門番に合図をすると、待ってましたと言わんばかりに、すぐさま巨体の武士が門の内からとび出してきた。

武一の視線を追って、つかつかと男たちに歩み寄る。その眼前で仁王立ちになり、出し抜けにたずねた。

「小田原宿の干物店、湊屋を知っておるか？」

男たちの顔色が、明らかに変わった。構わず晋輔が続ける。

「昨晩、湊屋から三十二両を奪い、その家の息子に深手を負わせた賊がいる。よもや、おまえたちではあるまいな？」

「め、滅相もあらへん……わてらは何も、知りまへんがな……」

若い方が、必死で抗弁するが、途中で年嵩の男がさえぎった。

「あかん、勝治《かつじ》、逃げるんや！」

たちまち踵《きびす》を返したが、からだの割に機敏な晋輔が、若い方の襟首をむんずと掴み、見事に投げとばした。走り出した年嵩の男の前を、武一と衛吉が塞《ふさ》ぎ、関所の内からも、どっと足軽たちが押し寄せる。

賊のふたりは縄をかけられ、伴頭の前に引き立てられた。

早野と望月が吟味を施し、湊屋の息子を傷つけたのは自分だと、勝治と呼ばれた若い男は白状した。もうひとりは先に行かせたが、望月の推察どおり、血で汚れた着物を替えるために峠越えが遅れ、年嵩の男もまた勝治のために残ったようだ。

三人は河内《かわち》国の瓦《かわら》師で、江戸見物に行くつもりだったが途中の宿場で博奕《ばくち》に嵌《は》まり、小田原に着いたときには金も底を突いていた。擦《す》った金を取り戻そうと、胴元から借金までしたが、博奕で儲《もう》かるはずもない。胴元一家に脅されて、仕方なく金目当てで湊屋に忍び込んだ。決して押し込むつもりも、ましてや家人を傷つけるつもりもなかったと、泣きながら訴えた。

どのみち強盗となれば、死罪は免れまい。足軽や人足に加え、先月の番士ふたりが付き添って、咎人《とがにん》はその日のうちに城下の奉行所へと運ばれた。

すでに日が落ちて暗く翳《かげ》った杉並木を、ふたつの唐丸《とうまる》籠が遠ざかる。

「咎人とはいえ、決して根っからの悪人ではない。何やら哀れにも思えるな」

「商家の息子に深手を負わせたのだ、仕方なかろう」

晋輔とともに、妙に感慨深く見送った。夕餉の仕度が整ったと、衛吉が呼びにくる。

「イワナの塩焼きに、ワカサギの天ぷら。いちばんのご馳走《ちそう》は、イワナの骨酒ですがね。遠火で炙《あぶ》ると香ばしくて、燗酒《かんざけ》によく合うのです」

「それは旨そうだ」と、晋輔は涎《よだれ》が垂れんばかりに相好《そうごう》を崩す。

三人で勝手に向かう途中で、望月と行き合った。

「望月さまに、たずねたきことがあるのですが」

ふたりを先に行かせて、横目付に問うた。

「それがしや晋輔を、ようご存知のようですが」

「十人目付であるからな、あたりまえだ」

素っ気なく返されたが、どうも腑《ふ》に落ちない。武一の表情から察したのか、小さくため息をつく。

「おまえたちのことは、騎山の嫡男《ちゃくなん》からききおよんでおるわ」

「え、騎市から？　望月さまが騎市と知り合いとは、存じませんでした」

誰よりも親しい友の名を出されて、武一がびっくりする。

「あれとは、学問所が同じでな。歳《とし》はわしより十も下になるのだが……子供時分から理屈の勝った、小生意気な童《わっぱ》であったわ」

容赦のない口ぶりだが、望月は騎市を認めているようだ。

「そうですか、騎市のご学友でありましたか。それがしは道場仲間でございましてな」

「知っておるわ」

急に馴《な》れ馴《な》れしくなった武一に、露骨に顔をしかめる。

「言うておくが、おまえたちと騎山の仲がどうあれ、手加減なぞせぬからな。わしはあくまで、関所の者たちを見張る役目にあるのだからな」

「むろんです。存分に目付けを施してくださりませ」

「あれの言うたとおり、めげぬ男だな」

ちらと向けられた目が、勝手から漏れる灯りを受けて微《かす》かに弛む。

まもなく訪れる箱根の雪解けのように、武一には思われた。

涼《すず》暮《く》れ撫子《なでしこ》

「お玉が池の言い伝えを、ご存知ですか？」

関所へ戻る道すがら、岡衛吉が切り出した。

いや、と、ふたりそろって首を横にふる。関所番士の役目に就いて四《よ》月《つき》目に入ったが、実質はひと月と十日に過ぎない。新前番士の武一と晋輔は、未《いま》だ関所周辺の地理にも疎《うと》い。

「この先に山側に入る道がありまして、少し奥まった辺りにお玉が池があるのです」

「ほう、そんな近くに池があったのか。せっかくだから、ちょっと寄ってみるか」

「どうせ行くなら、日の高い時分になさいませ。いまからでは、着いた頃には日が陰っちまいます」

物見高い性分故《ゆえ》に、武一は乗り気になったが、衛吉は慌《あわ》てて止めに入る。

「こうして提灯《ちょうちん》も持参しておるのだから、構わぬではないか」

「いやいや、武一殿、そういう話ではなく……あの池には、出るのですよ」

「出るとは、何がだ？」

呑気《のんき》な武一の背後から、おそるおそるたずねる声がする。

「もしや……幽霊や物の怪《け》のたぐいか？」

「さようです、晋輔殿」

力士のような図体が、あからさまにびくりとする。

「何だ、晋輔。そんな大きな形《なり》をして、化け物なんぞが怖いのか？　師範代の腕が泣くぞ」

「こ、怖くなぞないわ……苦手なだけだ」

「同じではないか。よし、せっかくだから見物してゆくか。幽霊譚《たん》にはちょうどよい頃合であるし、その手の姿を目にしたことがない。一度拝んでみたかったのだ」

同行のふたりは止めたが、興が乗ると考えるより先に動くのが武一だ。関所への道を左に折れて、山間《やまあい》の細い道に勇んで踏み入った。仮にも武士が、怖いから嫌だとは言い出せないのだろう、及び腰で同輩と足軽もついてくる。

芦ノ湖を背にして、右手に屏風《びょうぶ》山、左手に上下ふたつの双子《ふたご》山《やま》。両袖《そで》に山が迫っている上に、鬱蒼《うっそう》と竹藪《たけやぶ》が繁《しげ》っているために、昼間であっても薄暗い場所だ。日の落ち時のいま時分では、すでに足許《あしもと》も見えない。

「もう少し見晴らしをよくしても、良いように思うがな」

「この辺りはご要害ですから、竹一本でも斬《き》れば咎《とが》められます」

と、武一に向かって衛吉が説く。箱根は殊《こと》に竹が多いのだが、幕府はこの伐採を厳しく制限した。言うまでもなく、関所をよけて通り抜ける不届き者をなくすためだ。猪《いのしし》ですら容易に抜けられぬほどに密な竹林は、急峻《きゅうしゅん》な勾配《こうばい》と相まって、天然の要害、すなわち砦《とりで》と化していた。

衛吉は山道を逸《そ》れ、さらに細い脇道《わきみち》に入る。ほどなく視界が開けた。

「これが、お玉が池か……」

何とも陰気な場所だった。池は双子山の裾《すそ》にあり、東海道からもさほど離れていないはずが、風が吹かぬ故に空気が澱《よど》んでいる。さっきまで盛んに鳴いていた蟬《せみ》の声が絶え、不気味なほどに静まり返っている。

季節は梅雨が過ぎ、盛夏を迎えた。陽射《ひざ》しは痛いほどに照りつけるが、山間だけに日が沈むと涼しさを感ずる。しかしこの地には、何やら別の冷気がただよっているかのようだ。武一もまた薄気味の悪さを覚えたが、あえて事もなげにふるまう。

「ところで、衛吉、その池にはどのような言い伝えが残っておるのだ？」

「池の名のとおり、お玉という女子《おなご》の話です」

「なんだ、身投げでもしたのか？」

「いえ、そうではなく……お玉はこの池の傍で、獄門にかけられたと……」

「獄門、だと？　いったい、何の咎で？」

「この地で獄門と言えば、ひとつしかございませんでしょう」

「つまりは……関所破りということか？」

妙に上《うわ》ずった声で、晋輔が割って入る。さようです、と衛吉は神妙な顔でうなずいた。


最初の関所破りは由井正雪とされているが、正雪は調達した手形で関所を抜けた。対してお玉は、手形をもたずに山中に築かれた柵《さく》を越えようとして捕まった。本当の意味では、このお玉こそが関所破りの最初と言える。

まだあどけなさの残る十代の少女で、江戸の奉公先でよほど嫌な目に遭ったのか、たったひとりで伊豆の親元に逃げ帰ろうとした。赤穂《あこう》浪士が吉良《きら》邸へ討ち入る、少し前の出来事であり、関所の覚書にも残っているという。

「お玉が刑を受けたのは、『おいたいら』という場所なのですが、すぐ傍にあったのがこの池で、ここで首を洗ったとの伝えが……」

ひええ、と情けない声を晋輔が漏らす。

「いまでも日が落ちると、女のすすり泣きや、あるいは薄気味の悪い笑い声がきこえるとか……ことに関所役人への恨みは深く、水面《みなも》に姿を映し、引きずり込まれた番士や足軽はひとりふたりではきかぬとか……」

晋輔の絶叫が響きわたり、後ろも見ずに走り出した。来た道を必死で漕《こ》ぐ重い足音が、ドスドスと響く。

「あ、おい、晋輔……やれやれ、行ってしもうたわ」

くく、ととなりから、抑えた笑い声がする。

「さては衛吉、我らをからこうたな？　いまのはすべて作り話か？」

「とんでもない！　まことの伝えにござりますよ。関所役人は誰しもこの池を厭《いと》うておりますし……ただ、終《しま》いのところは少しばかり色をつけましたが」

「衛吉も人の悪い」

「すみません、今日はことに蒸しましたから、少し涼んでいただこうかと。それにしても、武一殿には感服しました。この手の話には、まったく動じないのですね」

「おれの鈍さは、筋金入りであるからな。たとえ妖《あやか》しが鼻先におっても、気づかぬ自信があるわ」

そのとき、ちゃぽん、と水音がした。同時に、生暖かい風が池から吹いて、ふうっと頬を舐《な》めてゆく。思わず、顔を見合わせた。

「悪ふざけが、過ぎましたかね……」

「たとえ見えずとも、祟《たた》られることもあるやもしれんしな」

最前の晋輔同様、ふたりは一目散に池を退散した。

「おまえたちときたら、先の勤番で教えたことを、すっかり忘れておるではないか！」

今日も杉田久作から、小言の雨が降る。

正直、二月のお勤めは、先輩番士の杉田久作から、毎日叱責《しっせき》を食らうだけで終わってしまった。何とも情けない限りだが、武一も晋輔も、ともに書役《かきやく》仕事が向いておらぬだけに如何《いかん》ともしがたい。そして二度目の勤番を迎えても、変わり映えのしないふたりに、杉田の青筋は増えるばかりだ。

外の蟬の声よりやかましい先輩番士の声にはうんざりだが、この暑い最中《さなか》に声を張らねばならぬ杉田もまた、疲れきっているのだろう。

「そう怒鳴ってばかりでは、おまえの方こそ倒れてしまうぞ、久作。たまには双方、息を抜いてはどうか」

今月の伴頭は、先筒組頭の桜井永右衛門《さくらいながえもん》である。

伴頭の月番が半年に一度であるために、同じ伴頭とは年に一度しか顔を合わせないが、桜井は、五年ほど箱根伴頭を務めており、杉田とも旧知の仲のようだ。

昨日、武一と晋輔は、要害山の見廻りを言いつかった。

番士歴の長い杉田と、関所の玄人《くろうと》たる定番人がおれば、旅人の改めには差し支えがなく、むしろ滞ることなく気持ちよく事がはこぶ。双方に休みを与えようとの、桜井の粋《いき》な計らいである。

武一や晋輔にとっても、関所の外に出るのは格好の憂《う》さ晴らしになった。案内役は気のおけない衛吉であり、夏の盛りに山道を行き来する難儀を差っ引いても、よほど気持ちが晴れ晴れした。

衛吉が怪談話などを始めたのも、そんな気の緩みからだろう。ただしそのおかげで、とんだ味噌《みそ》もついた。晋輔は脇目もふらず、一目散に池から関所を目指した。大男の上に勇猛で知られる男が、血相を変えて舞い戻ったものだから、閉門間際《まぎわ》であった関所の内はちょっとした騒ぎになった。

山中で不届き者を見つけたか、あるいは箱根宿で悶着《もんちゃく》かと、晋輔は上役から詰問《きつもん》を受け、その最中に武一と衛吉が関所に帰り着いた。仔細《しさい》を白状させられて、三人並んで大目玉を食らった。

「すみません……おれがあんな話をしたばかりに」

「衛吉のせいではないわ。晋輔が大げさに騒ぎ立てた故の始末だ」

「面目ない……どうも刀で斬れぬものは、苦手での」

三人そろって、しゅんとしょげる。

昨日のお玉が池騒ぎを反省しつつ、武一と晋輔は、衛吉の給仕で昼餉《ひるげ》をとっていた。

「しかし、何だな。こうも見事に男の顔ばかりでは、気持ちが引き立たんな」

「それは、たしかに」と、晋輔も猪首《いくび》を力なくふる。

「仕方がございませんよ。横目付殿が、女子の立ち入りを禁じられたのですから」

二月の頃は、箱根宿の女房たちが、晩飯時になると炊事の手伝いに来てくれた。しかしそれを、横目付の望月嘉門は障《さわ》りがあるとして止《や》めさせた。

望月が危ぶんだのは、関所への立ち入りではなく、通り抜けである。

箱根関所が何よりも厳しく改めているのは、女子である。ことに江戸から京側へ抜ける出女の取締りは、尋常ならざる厳しさだ。しかし手形を必要とせず、大目に見られていた女たちがいる。関所の両脇に住まう、箱根宿の女房や娘たちだ。

関所内の炊事や洗濯を手伝わせていたのも、いわば暗黙の了解であったが、これを利用して関所を抜ける不届き者がいるかもしれない――。たとえ関所御用の身内であろうと、手形なき女子は一切通さず、関所内へも立ち入ることを許さずと、望月は達した。氷目付と噂《うわさ》の高い、望月らしい徹底ぶりである。以来、賄《まかな》いはすべて衛吉ら足軽が担《にな》っている。

決して色っぽいことを、期待していたわけではない。ただ、むさくるしい男ばかりをながめていると、いかんせん気持ちがすさんでくる。

関所は毎日開門せねばならぬから、ひと月の勤番のあいだは休日すらなく、山上の寂しい土地だけに何の楽しみもない。へっついの前で交わす、かみさん連中とのざっかけないやりとりが、いまはひたすら懐《なつ》かしい。

「いっそ幽霊でも良いから、女子の姿を拝みたいものだな」

「おれはご免だぞ」と、晋輔が急いで断りを入れる。

「女子のひとりくらいおっても、罰は当たらぬと言いたいのだ」

「ひとりなら、おりますよ。ほら、改めの登世《とよ》さんが……」

「怒るぞ、衛吉。あれは女子ではない、鬼より怖い姥《うば》ではないか」

武一に顔をしかめられ、衛吉が首をすくめる。それから、あれ、と気づいた顔になる。

「何やら外が、騒がしゅうございますね」

耳をすますと、なるほど、大番所の表の方が妙にざわついている。何だろう、と衛吉が半身を土間に突き出して、外を覗《のぞ》く。同時に、誰かが土間に駆け込んできた。

「おい、衛吉、大変だ！　女だ、女が来たぞ！」

「別嬪《べっぴん》の旅の女でも、通ったのか？」

「そうではないわ。この関所に、女子が入ったのだ」

「まさか！」

知らせにきたのは衛吉と同輩の足軽だった。勝手板の間にいた武一と晋輔に気づいて、ひとまず会釈《えしゃく》する。

「女子とは、女中のたぐいか？」

「いえ、武一殿、それが驚いたことに、人見女でございまして」

「何だ、改め婆《ばばあ》がもうひとり増えたというわけか」

「いやいや、晋輔殿、たしかに年増《としま》ではありますが、三十前と思《おぼ》しき年頃で、これがなかなかに色っぽく」

「ほう、まことか！」

「あいにくと、人妻ではありますが。それはそれで、悪くないというか」

衛吉よりも二、三年上の、足軽の顔がやに下がる。

「それはさっそく、拝みに行くとするか！」

晋輔とともに土間から外へ出て、ふたりの足軽も後ろに従う。

伴頭と横目付が詰める上の間の縁の外に、ふたりの女が膝《ひざ》をついていた。

ひとりは関所で女改めの任にある姥で、人見女と称される登世であり、伴頭に向かって口上を述べている。となりにいる女は、じっと頭《こうべ》を垂れていたが、伴頭の桜井に促され、顔を上げた。

思わず、あっ、と叫んでいた。衛吉が怪訝《けげん》な顔を向ける。

「どうしました、武一殿？　もしや、存知よりの女子ですか？」

「いや……存知よりではないが、存じていないわけでもなく……」

「どっちですか？」

去年の八月だから、かれこれ十月も前になる。峠道で難儀していた折に、水を分けてくれた女に相違なかった。

「登世が娘、理世《りよ》と申します」

伴頭に向けられたその横顔に、武一はただ見惚《みと》れていた。

「あのような女子が、女改めを務めるとは、思いもよりませなんだ」

その日の夕餉の席で、晋輔が切り出した。

「たしかにめずらしいが、三十前に就いた者も中にはおったそうだ。だいぶ昔の話になるがな」と、桜井がこたえる。

桜井は四十半ばの年恰好《としかっこう》で、六月と十二月に箱根の伴頭を務める。見かけは結構な強面《こわもて》ながら案外気さくな男で、物分かりも決して悪くはない。

昼餉は交代でとるが、朝夕は五人の上番がそろって膳《ぜん》につく。上座に桜井が座し、右手に杉田と晋輔、左手に横目付の望月と武一が並び、コの字の形を成していた。給仕に足軽がふたりついているが、問われぬ限りは上番の会話に口を出すことはない。

「とはいえ此《こ》度《たび》の計らいは、いわば急に迫られての策でな。ふたりおった人見女のひとりが、先月から病で寝付いてしまっての」

「ふたり？　あの登世という姥より他は、おらなんだはずですが」

「ふたりを置いて、ひと月おきに勤めさせるのが常なのだ」

そんなことも知らぬのか、と言わんばかりに番士の杉田が渋面でこたえる。なるほど、と晋輔は素直にうなずいた。

「病を得た女は、すでに六十を越えているからな。快癒《かいゆ》捗々《はかばか》しくなくとして暇《いとま》を乞《こ》うてきた。とり急ぎ代わりの者を探したところ、我が娘はいかがかと登世が申し出てな」

「ひとまず連れてくるよう伝え、今日、桜井さまへご挨拶《あいさつ》にきたというわけだ」

伴頭の話の先を、阿吽《あうん》の呼吸で杉田が引きとる。

「登世の跡は、姉娘が継ぐはずであったのだがな」

「たしか今日の娘とは、ひとまわり歳《とし》が離れておるそうですな」

「丸一年ほど見習いに通っていたのだが、去年、病を得て身罷《みまか》ってな。まだ四十前であったというに」

事情通たる桜井と杉田が、そんな話をかわす。聞き役はもっぱら晋輔で、横目付と武一は押し黙ったまま飯を口に運ぶ。

「人見女が世襲とは、存じませなんだ」

「定番人と同じでな、人見女も足軽身分にあたる。世襲とは言えぬが、母から娘へと継がれることはままあるのだ」

「とはいえ定番人のように、連綿と同じ家が継ぐわけではない。せいぜい三代といったところか。千野《せんの》家は、登世の母の代から勤めておるからの、あの理世が継げば三代目となろうな」

　千野理世というのか――。きれいな名だ――。

　黙々と飯を食いながら、そんなことを考える。飯の味などまったくせず、綿《わた》を食《は》んでいるに等しい。頭の中には、去年出会ったときの光景だけがくり返される。

　しかし晋輔の無粋な横やりで、どこか甘さを伴った記憶が、ぶつりと断ち切れた。

「理世という女子は、人妻でござろう？　姓が違うておるのでは？」

「いや、去年、嫁ぎ先から出戻ったそうな」

　杉田のひと言が、こんなに有難かったことはない。茶碗《ちゃわん》と箸《はし》を手にした姿に、後光が差して見えるほどだ。

　そうか、人妻ではなく、独り身であったのか――。自《おの》ずと口許がほころんでくる。

「離縁されたというが、案外、姉の代わりに登世が呼び戻したのかもしれんぞ。人見女は一人扶持《いちにんぶち》、さらに銀一枚を賜るからな。女子の身としては、なかなかの稼ぎであろう」

　杉田の下世話な話すら、理世に関わることならばと真剣に拝聴する。

「武一、どうした？　腹でも壊したか？」

　すっかり気を抜いていたが、気づけばとなりから、鋭い眼差《まなざ》しが注がれていた。

「いつになく、大人しいではないか。日頃はうるさいおまえが、最前からひと言も挟まぬとは」

氷目付の視線が刺さり、盛夏に似合わぬ冷や汗が浮いてくる。

「いや、腹は何事もござりませぬが……少々しくしくするというか……」

「どっちだ？」

望月の不審を受け止めるだけで精一杯であったところに、晋輔がよけいな茶々を入れる。

「おお、そういえば、武一はあの女子を見知っておるのか？　何やらさようなことを申していたな」

「何だと？　まことか、武一？」

杉田が頓狂《とんきょう》な声をあげ、桜井も驚いた表情を向ける。周囲の視線に耐えかねて、つい考えなしに叫んでいた。

「み、見知りなぞではございませぬ！　知った女子に似ていただけで……よくよくながめれば、まったくの人違いで……」

「何だ、さようであったか」

桜井はすぐに頬をゆるめたが、杉田は疑わしそうな眼付きを解かない。

「言うておくが、武一。あの女子に、要らぬちょっかいなぞ出すではないぞ。登世の婆《ばあ》さまを怒らせると、厄介であるからな」

「もちろんです、杉田殿。大事なお役目の最中に、けしからぬ真似《まね》なぞ決して……」

意に反した嘘《うそ》ばかりが口をつき、気持ちがみるみるしぼんでくる。悪意はまったくなかろうが、はからずも止《とど》めを刺したのは桜井だった。

「まあまあ、杉田、その辺にしておけ。理世はいわば、千野家の跡取り娘であるからな。独り者とはいえ、嫡男《ちゃくなん》たる武一や晋輔では縁付きようがなかろう」

理世に夫がいないときいて、つい先刻、羽のように舞い上がった心地が、無残なまでに地面にたたきつけられる。ぐうの音も出ず、がっくりと肩を落とした。

望月の視線をちらと感じたが、うなだれた顔を上げる気力すら失っていた。

「おまえたち、高札の文句は覚えたであろうな？」

武一と晋輔を並ばせて、杉田がたずねる。ふたりがうなずくと、厳《おごそ》かな顔で告げた。

「では、きかせてもらおう」

『一、関所を出入る輩《やから》　笠頭《かさず》巾《きん》をとらせ通すへき事　一、乗物にて出入る輩　戸をひらかせて通すへき事……』

ふたりが声をそろえて唱和する。まるで子供の手習いさながらだが、二月《ふたつき》のあいだに二度、試しを受けて、そろって落第の憂き目を見た。六月までに叩《たた》き込んでおくようにと、宿題として課せられていたのだ。

高札が示すのは五条。笠頭巾をとり、乗物の戸を開けという、ある意味あたりまえの礼儀から始まり、第三条は出女について達している。

諸大名が謀反《むほん》を企《たくら》むとしたら、参勤交代で国許に帰った折だ。それを防ぐため、いわば人質の意味で、江戸屋敷には大名の妻子を住まわせている。妻子が勝手に帰国せぬよう、江戸より出る出女には、ことさらに目を光らせていた。

第四条は、手負《ておい》死人並びに不審なる者は、証文なく通さず。

最後の第五条は、大名行列について。あらかじめ関所に届ければ、格別の吟味はしないとの断りが述べられている。

堅苦しい文言を、一言一句違《たが》えず覚えるなぞ、退屈な上に興が乗らない。ただ、高札についてはひとつだけ、腑《ふ》に落ちぬ疑問があった。どうにか杉田から及第をもらうと、武一は真っ先にたずねた。

「杉田殿、関所でもっとも重き役目は、『入鉄砲出女』の改めだときき申した。ですが高札には、鉄砲についての断り書きがございません」

「ああ、それか。平たく申さば、箱根では鉄砲は取締ってはおらんのだ」

「そうなのですか！」

箱根では原則として、武器類の検閲は上り下りともに行われていないという。

「西から入る鉄砲については、すでに新居《あらい》の関所で厳しく検《あらた》めておるからな。箱根ではその用がないのだ」

新居関所は、東海道の今切《いまぎれ》の渡しにある。

日本橋を出て三十宿目にあたる舞坂《まいさか》宿と、次の新居宿のあいだには海がある。元は陸続きであったというが、室町の頃、明応の大地震によって津波が押し寄せ、浜名湖と遠州灘を分けていた陸地が流された。一里の切り口が開き、今切の名もそこからついた。

舞坂から出る渡し船は、対岸にある新居関所前に到着し、舞坂行きの船もここから出る。東西どちらに向かうにしても、新居の関は必ず通らねばならない。そして新居関は、箱根以上に厳しい吟味が行われていた。

新居の高札には、箱根とほぼ同じ内容の条《くだり》の最後に、「相定証文なき鉄砲ハ　通すへからさる事」との一文が加えられていると杉田は説いた。

前もって、これこれこういう理由で武器を何挺《ちょう》入れたいとの証文があれば数を限って通すが、それ以外は止められる。鉄砲だけでなく、弾や火薬、また刀槍《とうそう》や弓矢まで、武器と呼べるものはすべて検められた。

箱根と新居のあいだには、伊豆と駿河《するが》、遠江《とおとうみ》の三国があるが、伊豆は幕府直轄《ちょっかつ》の天領であり、駿河と遠江はいずれも譜代大名が——つまりは幕府の中枢《ちゅうすう》を担う大名が治めている。謀反の心配が要らぬため、新居で入鉄砲検めを行えば、箱根では不要ということだ。

「要するに、当関においては出女にのみ用心しておればよい。よいか、入りはどうでもよいが、西へ出る女には、くれぐれも手を抜くでないぞ」

「どうでもよいというのは、さすがに如何《いかが》なものかと」

「女子の改めは、我らではなく人見女の役目でありましょうし」

それぞれよけいなひと言をさし挟み、またぞろ杉田の不興を買う。

「気を抜くなと言うておるのだ！　万一怪しげな女子を通しでもしたら、我が大久保家の面目は丸潰《まるつぶ》れなのだぞ。ひと昔前になるが、箱根を抜けた女子が新居の関で捕えられたことがあった。あのときの不肖は、当家の恥として今世にまで伝えられ……」

説教が長くなるのはいつものことで、それこそ気を抜くと眠くなる。

となりで晋輔が、目立たぬようにあくびをした。

千野理世は、それから毎日、母の登世とともに関所に通ってきた。

向こう一年は見習いとのことで、母が女子を改めるあいだ、じっと脇に控えている。華やかではないがすっきりとした顔立ちで、楚々《そそ》とした風情《ふぜい》ながら芯《しん》の強さが感じられる。常にうつむき加減の抑えた表情は、男の目には時としてなまめかしくも映る。

理世が通るたびに、足軽たちの目が張りついてその姿を追うのだが、常に登世が傍にいるだけに軽口すら叩けぬようだ。

「おはようございます。今日も暑くなりそうですね。井戸に西瓜《すいか》を冷やしておきますから、後で召し上がってください」

構わずに声をかけるのは、衛吉くらいのものだろう。

登世は真っ白な髪に、眼光の鋭い婆《ばば》で、笑った顔なぞ誰も見たことがない。関所の内ではある意味伴頭よりも恐れられていて、とっつきようがないのだが、衛吉だけは生来の人懐《ひとなつ》こさで、顔を合わせればにこにこと話しかける。もっとも登世は、皺《しわ》の寄ったむっつりとした顔で会釈をするだけなのだが、衛吉は気にしていなさそうだ。

「衛吉、おまえの図太さには頭が下がるわ。ようあのようなむくつけき婆さまに、愛想よくできるものだな」

千野母娘《おやこ》の姿が大番所の内に消えると、晋輔がひたすら感心する。

「あれでも随分と、打ち解けてくれるようになったのですよ」

「どこがだ……」

「以前はじろりと睨《にら》まれるだけでしたが、ほれ、いまのように一礼をくれるようになりましたから」

「おまえの前向きさには、とことん惚《ほ》れ惚《ぼ》れするわ」

晋輔は呆《あき》れていたが、武一には衛吉がうらやましくてならない。

「やはり、将を射んとする者はまず馬を射よ、か……」

「何か言ったか、武一？」

「いや、何も」

理世が関所に通うようになってから五日。伴頭に引き合わされ、皆で挨拶だけはしたものの、言葉を交わす機会はない。

武一を見ても、理世の表情は動くことはなく、かれこれ一年近くも前に、道ですれ違ったに等しい男なぞ覚えているはずもない――。

頭ではわかってはいたが、やるせなさに襲われる。

人見女は、関所を通るすべての女を改めるわけではない。

毎日、数十から三桁《けた》に上る数の女子が来関するが、登世の手を煩《わずら》わせるのは、そのうちの数人である。手形そのものに難があったり、手形の記述と当人に差異がある場合、まず番士や定番人が手形をじっくりと検分し、やはり疑い有りと決すれば人見女の出番となる。

その日、ひとりの武家の女も、足留めを受けた。

「ご吟味よしなに」

江戸口側の門番が、溜《たまり》から連れてきた三人を面番所の前に座らせる。

侍と義理の妹というふたり連れで、下男をひとり伴っていた。

旅程は江戸から伊勢であったが、遊山《ゆさん》のたぐいではなさそうだ。浮かれた気色《けしき》はまったくなく、ことに妹は、顔がこわばって見えるほど張りつめている。

関所の調べは押しなべて、旅人には負担であろうし、ましてや面番所の真ん中に、でんと居座っているのが大男の晋輔では、よけいな緊張を誘うのも無理もない――。

晋輔の左にいる武一はそう捉《とら》えたが、右に控える定番人は、手形を一瞥《いちべつ》するなり難しい顔をする。

今日の当番を勤める大西当兵衛《とうべえ》は三十半ば、三人の定番人の中ではもっとも若い。

「わずかだが、印ににじみがござそうろう。文の中ほどにも少々削れがありますな……これはお断りに値するかと」

　となりの大西から手形を受けとって、晋輔がううむと唸《うな》る。定番人とは別の意味であり、最後に手形を渡された武一がそれを口に出す。

「これほどであれば、たいした難ではなかろう。印の判じようにも障りはなかろうし、削れもごく些《さ》細《さい》なものだ」

　そうだな、と晋輔もうなずいたが、後ろから強く小突かれた。ふり返ると、ものすごい形相で、杉田が睨みつけていた。

　縁の外をはばかって声には出さぬが、了見は明々白々だ。仕方なく、武一はごほんと咳払《せきばら》いをした上で、重々しく達した。

「吟味いたす故、しばし待たれよ」

　大西を残して、番士三人が席を立ち、奥で車座になる。開口一番、杉田にどやされた。

「おまえたちは何もわかっとらんな。胡乱《うろん》な者故、わざわざ当兵衛が難癖をつけたというに。先ほど門番が、合図を送ってきたであろうが」

　新参のふたりが、きょとんと顔を見合わせる。

「『ご吟味よしなに』だ！　先の勤番で定められたであろうが、忘れたか！」

この前の二月の勤番より、門番を務める足軽には、ある役目が課せられた。

千人溜の中に、不審な者、怪しげな行いなどを見つけたら、速やかに知らせよ。その者たちを何食わぬ顔で大番所に案内しながら、「ご吟味よしなに」と合言葉を告げる――。

千人溜で賊を捕えたことから、横目付の望月が進言した。ただ突っ立っているよりはよほど暇潰しになると、門番を務める足軽たちもむしろ張り切っていた。

「溜を見張るとの策は、もとを辿《たど》れば武一、おまえが言い出しっぺではないか」

「はあ、そうでした、杉田殿。ですが……手形に難癖をつけるのは、いかがなものかと」

「さようさよう。ましてや我らふたりも、先の伴頭より手形に因縁をつけられ申した。同じ悪事を働くようで、気が進みませぬな」

武一の言に、晋輔がもっともらしくうなずく。たちまち上役の雷が落ちた。

「それとこれとは、まったくの別物だ！　あの武家女が、どこぞの家中の女子であらば、どうするつもりだ。さっさと門番のもとへ走り、疑わしき旨《むね》を確かめてこんか！」

杉田に追い立てられて、武一は江戸口へと駆けた。

「あの男女は、どうも訳ありのようすに見えまして……着いた当初から顔つきが険しく、小声ながら諍《いさか》いをくり返しておりました」

大番所へととって返し、門番からきいた仔細を伴頭の桜井に伝えた。上の間にはすでに、望月、杉田、晋輔も控えており、五人がかりで件《くだん》の手形を検分した。

「して、侍の身分は？」

「伊勢菰野《こもの》、土方《ひじかた》大和守さまが与力で、甘利《あまり》与《よ》平《へい》と申す者」

「では、江戸から国許へ帰参の途にあるということか……」

「菰野は一万一千石と小藩なれど外様《とざま》ですから、やはり油断はできぬかと」

武鑑《ぶかん》を繰りながら杉田がこたえ、桜井が思い出したように呟《つぶや》いた。

「そういえば、たしか土方家は、恐れ多くも権現《ごんげん》さまのお命を狙《ねら》った咎《とが》で、追放されたのではなかったか？」

「まことですか！」

杉田がたちまち青ざめたが、冷静に口を挟んだのは望月だった。

「いえ、その疑いは慶長五年に晴れました。菰野に領地を賜ったのも、それ故です」

慶長五年といえば、関ヶ原の合戦の年だ。何とも古い話だけに、武一や晋輔にはぴんとこない。しかし望月は、この小藩にとりわけ関心が高いようだ。

「菰野領は代々、年貢《ねんぐ》の取り立てに寛容で、土方家は領民からも慕われております。ことに現当主、九代義苗《よしたね》さまは名君と評判で、農民に無理を強いることなく万両に近い借財を千数百両にまで減じたとのこと」

「さすがに目付だけあって、詳しいな、望月」

桜井はそのように褒めたが、望月嘉門の口調からは、目付という役目を越えた熱心さが窺《うかが》える。

「名君というなら、我が殿も負けてはおりませぬぞ。かの白河楽翁《しらかわらくおう》の覚えめでたく、幕府御老中のお役を賜りすでに十年、つつがなく勤めあげておりますからな」

杉田が滔々《とうとう》と語り出したが、まんざら世辞ばかりではない。

現藩主の大久保忠真は、寛政の改革をなした松平定信《まつだいらさだのぶ》の信を得て老中に上った。定信は白河藩藩主であり、隠居後は楽翁と名乗った。

「おかげで国許におる我らは、なかなか殿のご尊顔を拝する機に恵まれぬ。それだけは少々寂しくはあるがな」

お目見え身分たる桜井が、冗談めいた愚痴をこぼす。忠真は老中を拝する前から、大坂城代や京都所司代などを歴任していたために、国許に戻る機会は限られていた。

「それでも殿は、お家と領民を何より大事に考えておられます。藩校の集成館を開き、一方で財の賄いにも力を尽くしておられる」

望月もまた、主君の力量には一目置いているようだ。

忠真の尽力も空《むな》しく、藩の財政窮乏ばかりはなかなか解消されないが、武一とて主君には信頼と尊敬を寄せている。おそらくは、騎市が語る忠真公が、心惹《ひ》かれる人物であるからだ。

「殿は決して、大上段に持論をふりかざしたり、他の老中と争う真似はなさらない。気概に欠けると陰口をたたく者もいるが、そのぶん目立たぬところで縁の下を支えておられる。ことに人の目利《めき》きにかけては、卓越しておられてな。能ある者は身分の貴《き》賤《せん》なくとり立てて、後々まで面倒を見ておられる」

寛容と平等に裏打ちされた、優しい君主の姿は、すでに武一の中で確立されていた。

上役らが語る殿さま自慢に、うんうんとうなずきながら耳を傾けていたが、

「あのう、そろそろ昼時ですし、本筋に移ってはいかがかと」

晋輔がそう促したのは、腹が減ってきたためだろう。気づけばたしかに、昼餉の時分にかかっている。大久保家や土方家についてはさておき、件の兄妹《きょうだい》の吟味にかかる。

「義理の妹とは、どのような間柄になるのだ？　よもや、駆落ちなぞではなかろう

な？」

「希乃《きの》は、甘利与平の妻の妹にあたります。希乃の手形からすると、敷見彰三郎《しきみしょうざぶろう》なる者に嫁ぎ江戸に住まっておりましたが、このほど離縁に至り、国許まで義兄の与平が送り届ける旨が記されております」

与力の手形には、行先たる伊勢菰野と、下男を交えた三人旅だということしか書かれていない。たった二行きりだが、対して女手形は、まるで罪人のごとく人相までもが事細かに記されている。

希乃は、甲子《きのえね》年の生まれで二十五歳。輪郭や目鼻の造作はもとより、顔のこの個所に黒子《ほくろ》ありということまで記載され、詳しいを通り越してしつこさすら感じる。姿形を記されるのは、男ですら抵抗を禁じ得ない。女子であれば恥ずかしさも覚えようし、ここまで徹底した手形をもってしてもなお、いちいち止め立てを受ける。

女旅はこれほどまでに大変なものかと、関所番士になってからつくづく思い知らされた。仮に女の身になったとしたら、あまりのわずらわしさに旅に出る気など到底起きそうにない。

にもかかわらず、武一が思うより女の旅人はずっと多かった。

湯治、物見、寺社参りと、大方が遊山のたぐいで、そのせいか役人の前から一歩下がると、存外に呑気で楽しげである。

　女というものは、たくましいものだな――。

　遠目に見送る武一の胸には、そんな感慨もわく。

　武一の心中をよそに相談はまとまって、桜井が決断し番士に達する。

「疑わしき者は、通すわけにはいかぬな。与力より仔細を伺い、そのあいだに女は改めよ」

　伴頭の命で、件の三人連れには吟味の旨が伝えられた。与力の顔がにわかに曇ったが、言われたとおり足軽に従って、面番所から上の間の前へと場所を移す。武一は残された女に、座敷の内から促した。

「希乃とやら、縁に上がり、人見の改めを受けよ」

　登世が面番所から少し外れた縁に座し、理世もそのとなりに控えた。その姿を、希乃は茫然《ぼうぜん》とながめている。

　むくつけき婆と、晋輔は評した。たしかにここに座す登世は、いつにも増して恐ろしげに映る。顔の皺すら隈取《くまど》りのごとく荒々しく、鋭い眼光と痩軀《そうく》は猛禽《もうきん》を思わせる。改めを受ける女子は、哀れな兎《うさぎ》さながらだ。

　希乃もまた、登世と目が合うなり身をすくませて、微動だにしない。

「これ、早う縁に上がらぬか」

女の脇に立つ足軽が、少々乱暴に腕を引いて立たせた。

「無礼な！　改めなど、ご免こうむりまする！」

足軽の手を、抗《あらが》うように払いのけた。まさか抵抗されるとは、思ってもみなかったのだろう。中腰の姿勢でいた足軽が、ふいを衝《つ》かれて無様に尻餅《しりもち》をつく。その隙《すき》に、着物の裾《すそ》を派手に蹴散《けち》らしながら、女はあろうことか向きを変えて駆け出した。

「待て！　止まらぬか！」

機敏にかけては誰にも負けない。何を考えるより早く、武一は小机をとび越えて、縁を下りて女を追いかけていた。女は意外なほどに速く、その先には江戸口御門がある。

走りながら、腑に落ちぬ思いがわいた。

面番所に近いのは、京口御門だ。どうしてわざわざ遠い側の、しかも戻る方角をえらんだのか？　気が動転していると言えばそれまでだが、それならなおさら、近い方の出口に向かうものではなかろうか？

厭うているのは、吟味でも改め婆でもなく、関を越えることなのだろうか――？

江戸口御門を入った高札場の前で、ようやく女に追いついた。背中から組みついて地面に引き据える。それでも女は、必死に身をよじりながら抵抗を試みる。

「離して！　私は、彰三郎殿の元へ帰ります！　どんな苦労も厭わぬと、故郷《くに》を出た折に約束したのに……なのにどうして！　いまさら離縁とは、故郷に帰れとはあまりに……！」

思いのたけが、憤《いきどお》りが、抗う女の唇からこぼれ出る。両の腕を背中で押さえつけ、同時に恨み言は潰《つい》えたものの、うつむいた女からすすり泣きがもれる。どうしていいものやら往生したが、そのとき武一の傍らから、別の女の声がした。

「希乃さま、私を覚えておりますか？」

となりにいたのは、千野理世だった。女が嗚咽《おえつ》を止めて、顔を上げる。

「あなたは……理世さまですか？」

「はい。三年ぶりになりましょうか、お懐かしい……」

「その節は、お世話になりました。彰三郎殿と、江戸へ下る折にご厄介に……思えばあの頃がいちばん幸せでした……」

希乃の顔が歪《ゆが》み、ふたたび泣き崩れる。前のめりになる女を支えながら、理世が武一を仰いだ。

「少しだけ、話をさせてはいただけませんか？　この方は、古い知り合いなのです」

その瞳《ひとみ》に魅入られたように、武一はうなずいていた。戒めていた腕を外し、一歩後ろに下がる。理世は寄り添うようにして、女の正面に膝をついた。

「敷見さまより、離縁を申し渡されたのですね？　私も、同じです」

「え……理世さまも？」

「はい、去年の正月に、主人は小田原を引き払って江戸に出ました。私を連れてはいけぬと、その折に縁を切られました」

理世の顔には、夏の日差しが作る影のような、濃い憂《うれ》いがただよっていた。複雑な思いでながめながら、ふたりのやりとりに耳を傾ける。

元夫はともに学問肌で、学者仲間として親交があった。理世の夫は小田原で私塾を開き、敷見彰三郎は医術を学ぶために江戸に出た。しかし学問の出来と世過《よす》ぎの巧さは、必ずしもかみ合うわけではない。やがて暮らしに詰まり離縁に至ったが、女たちの嘆きは貧乏ではなかった。

「これ以上、苦労はかけられぬ。おまえはおまえの人生を生き直せ、と……」

「彰三郎殿も、まったく同じことを私に……悔しゅうて情けのうてなりませんでした。志を成さんと共に江戸に参ったというのに……妻は、女子《おなご》は、所詮《しょせん》はお荷物でしかないのかと」

理世はこたえず、空を横切る鳥の影を目で追っていた。

「殿方にとって、女子は枷《かせ》でしかないのかと……高い空を飛ぶ、強い風切羽《かざきりば》を持たぬ身が歯がゆくて……一年以上が過ぎても、悶々としておりましたが」

理世は顔を希乃に向け、鮮やかな笑みを見せた。

「この箱根の関で役目を得て、少しだけふんぎりがつきました」

「理世さま……」

「他人《ひと》には疎《うと》んじられる改め婆ですが、勤めを持ったことで初めて己の足で立ったような気がしました。ひたすら夫のために仕える妻ではなく、いつかは自らの羽で飛び立てと……巴田《ともえだ》は、そう言いたかったのかもしれません」

眩《まぶ》しそうに、希乃は理世を仰ぐ。

「お強いのですね、理世さまは……」

「強くなぞありません。弱いからこそ、強くなりたいと願うているのです」

「弱いからこそ、強く……」

希乃がじっと考え込む。背を押すように、理世は言葉を継いだ。

「この先は、希乃さまが決めること。関を越すのも越さぬのも、希乃さましだいです」

「関を、越す……」

ふと、希乃の視線が、何かに気づいたように逸《そ》れた。

黒々とそびえる高い板塀の際《きわ》に、小さな薄紅色が揺れていた。

「なでしこのとこなつかしき色を見ば……もとの垣根を人や尋ねん」

「源氏物語の、『常夏《とこなつ》』でございますね」

希乃が呟いたのは、源氏物語にある歌だった。常夏は撫子《なでしこ》の異称で、夏から秋まで長く花をつけるためにその名がついたという。

「あの花のように、小さくとも長く咲こうと……彰三郎殿と添う折に思いました」

希乃はもう泣いていない。唇には微笑がただよっていた。

「私、江戸に戻ろうと思います」

思わず武一と理世が、目を見張る。

「どんなに惨《みじ》めな暮らしぶりであろうと、夫とともにあることが、私にとっての常夏ですから」

花の匂《にお》いをかいだかのように、理世の表情がかすかに動いた。一瞬で消えたが、武一は見逃さなかった。

理世の顔に浮いたものは、切ないまでの羨望《せんぼう》だった。

理世は人見女の席に戻り、武一は希乃を大番所に連れていった。

上の間の縁先には、甘利与平の姿がある。すでに桜井や望月も、甘利から事のあらましをききとっていた。

与平は甘利家の婿《むこ》養子であり、この春から菰野藩の江戸屋敷に詰めていた。義妹のようすを見にいったところ、哀れなまでの貧乏暮らしだ。国許《くにもと》にいる義父や妻からは、速やかに離縁させて希乃を連れ戻せとの命を受け、相手の敷見彰三郎もまた、かねがね妻にすまなく思っていたのだろう。即座に承知して妻を離縁した。

「御伴頭、この希乃殿は、関を越さぬと申しております。よって人見改めも不要《いらず》かと」

武一の説きように、甘利がうろたえる。説得を試みたが、希乃は頑としてきき入れない。役人の手前もあって、それ以上、身内の諍いをさらすわけにもいかない。結局は甘利が折れて、江戸へ戻ることを承知した。

「このたびはご造作をおかけして、まことに申し訳ござらん。先ほど、希乃が起こした騒ぎも、平《ひら》にお詫《わ》びいたしまする。何卒《なにとぞ》、寛容なご処分を」

甘利が平伏し、希乃もまた頭を下げる。

「御伴頭、それがしからもお願いいたす。女子の罪は押しなべて、軽きものとされるは世の常。どうか希乃殿の乱行にも、お目こぼしを賜りたく」

座敷にいる望月が、ごほん、と咳払いをして呟いた。

「この粗忽者《そこつもの》が」

横目付の冷たい眼差しが、じっと武一に注がれる。何故《なぜ》だかそれが、別のものを含んでいるようにも見える。察しの悪い配下にため息をつき、桜井が告げた。

「たしかに……乱行を、目こぼしするわけにはいかぬからな」

あ、と武一も、上役の意図に気がついた。

「これは迂闊《うかつ》なことを……あれは決して乱行なぞではなく……」

懸命に考える。

「申してみよ、武一。先ほどその女子の傍にいたのは、おまえであろう」

「あれは……そう、厠《かわや》でござる！」

「厠、だと？」

「さよう、希乃殿は、厠に走ったに過ぎませぬ。長らく日陰に留められ、腰を冷やしてしまったと思われまする。しばしのあいだ堪《こら》えていたのであろうが、ついにたまらず……」

「もうよい、相わかった」

武一を制しながら、桜井が笑いを喉《のど》に押し込める。望月は露骨に顔をしかめた。

当の希乃は耳まで赤くして、恥ずかしさに耐えながらもじっと沙汰《さた》を待っている。

「その申し立て、しかと相違ないか？」

「はい、相違ございません！」と、武一が声を張る。

「厠とあらば、とり立てて咎めるわけにもいかぬな」

「はい、致し方ございませぬな」

桜井と望月は、すまし顔でやりとりをかわす。

甘利と希乃は下男を連れて、江戸口御門の向こうに去った。

武一とともに、後ろ姿を見送っていた晋輔が、ぽそりと呟く。

「結局、あの女子は、関を越えなんだか」

「いや、希乃殿は、関を越えたのだ……己の関をな」

「何の話だ？　さっぱりわからんぞ」

「女子というものは、実にたくましく、そして美しいな」

武一の胸には、先刻の鮮やかな理世の笑顔が張りついていた。

その日もいつもどおり、暮れ六つに関所の門は閉まり、武一は晋輔とともに箱根宿の旅籠《はたご》に湯を借りにいった。

武一は熱い湯に浸《つ》かるのが苦手で、夏となればなおさらだ。早々に出るのが常で、対して晋輔は長風呂《ながぶろ》を身上としている。晋輔を置いて先に戻るつもりでいたが、流川の方角から吹いてくる涼風が、武一の足を止めさせた。

「涼暮《すずく》れ月か……」

昼間の陽射《ひざ》しはきつくとも、沈むと涼しさを感ずる。故《ゆえ》に六月は涼暮れ月とも称する。

関所とは逆の方角に、ぶらぶらと歩き橋に至った。川というより堀に近い細い流れだが、吹く風は心地良い。

箱根宿には三本の川があり、いずれも山側から宿場を通って芦ノ湖に注ぐ。北から順に、流川、明神川、芦川と呼ばれていた。まだ六つ半といったところだろう、芦ノ湖に沈んだ夕日の名残りが、湖面を鬼灯《ほおずき》色に染めていた。

山側の欄干《らんかん》に背を預け、橋越しに川と湖をながめていると、前を過ぎようとした女が足を止めた。

「これは、武藤さま」

「理世殿、か……？」

思わずまじまじと見詰めると、理世は恥ずかしそうに顔を背ける。

「すみません、このようなお見苦しいところを……」

「あ、いや、こちらこそ不躾《ぶしつけ》な真似を……」

やはり湯の帰りであるらしく、撫子の柄の浴衣《ゆかた》姿だった。頬は上気して、髪もほつれている。日頃はきちんとして隙がないだけに、湯上りのしっとりとした風情は何とも香《かぐわ》しい。

「でも、お会いできてよかった。今日のお礼を申し上げたく……希乃さまのためにお力添えをいただいて、かたじけのう存じます」

「こちらこそ、理世殿のおかげで助かり申した」

「私は何も……」

「いや、あの女子を、希乃殿を鎮《しず》めたのは理世殿でござろう」

「鎮めたのではなく、焚《た》きつけたのやもしれません」

「それは、違いない！」

ぽん、と拳《こぶし》で手を打って、互いに釣られたように笑い出す。気持ちがほどけ、つい、長らく言えず仕舞いであった台詞《せりふ》が、口をついた。

「もうひとつ、礼を述べたきことが……おそらく理世殿は、とうにお忘れでありましょうが」

こちらを見詰める理世の瞳から視線を外し、懸命に言葉を紡《つむ》ぐ。

「樫木坂《かしのきざか》で出会うて、水を分けていただきました。去年の初秋のことです。関所でお見受けした折にすぐに気づいたのですが、なかなか言い出せず……」

「覚えて、おられたのですか……」

え、とぱちぱちと目をしばたたかせる。

「では、理世殿も？」

「はい、あのときのお方だと存じておりましたが、武藤さまこそお忘れかと」

「忘れるなぞ、とんでもない！　ずっと心にかかっていて……」

あなたのことが——との一言を、辛うじて飲み込んだ。

もうひとつ、気になることがある。

この先ずっと、他の男に嫁ぐことなく、ひとりで生きていくつもりなのか？　あるいは、いまもまだ、前夫との復縁を願うているのか？　——そうきいてみたかった。

しかしそこまで立ち入る度胸はなく、代わりに別の問いが口を突いた。

「江戸に戻られた希乃殿を、うらやましいとお思いか？」

虚を衝《つ》かれたように、理世がはっと目を見張る。

「あ、いや、すまぬ……埒《らち》もないことを」

「ええ、思いました」

素直に返され、二の句が継げない。ふっと理世が微笑《ほほえ》んだ。

「ですが、母の跡を継いだことも、悔いてはおりませぬ」

「さようか……」

安堵《あんど》の後に、切なさをともなう気持ちが、さざ波のように押し寄せる。隠すように、暇を告げた。

「お引き止めして、ご無礼した。気をつけて帰られよ」

「はい、武藤さま」

「できればそれがしのことは、武一と呼んでくださらぬか。名字ではどうもしっくりこず、いまや御伴頭から足軽まで、さように呼びまする故」

「では……武一さま」

名を呼ばれたとたん、胸がずきりと鳴った。甘やかな声と、少し恥ずかしそうな微笑が、心をとらえて離さない。押し殺したはずの波が、ひたひたと胸に迫る。

理世の家は、山を背にした旅籠街の裏手にあるという。姿が消えるまで見送っていたかったが、旅籠から出てきた晋輔が、武一の姿に気づいて手をふる。

橋を去り際、いま一度ふり返ると、紅柄《べんがら》色の撫子が涼風に揺れていた。

相撲始末

黒い瞳《ひとみ》は、じっとこちらを見詰めている。

薄墨のような眉《まゆ》は少し困りぎみに下がっていて、瞳は何かを訴えているかのようだ。

つい、見入ってしまったが、ふいにその顔が頼りなく歪《ゆが》み、びっくりするほど大きな泣き声があがった。

「ほれ見ろ。武一が長々と怖い顔を向けるから、機嫌を損じてしまったではないか」

「赤ん坊をにらめっこで負かしても、自慢にはなるまいに」

「にらんでなぞおらぬわ！　目が合うた故《ゆえ》、見返しておっただけだ」

同輩の晋輔と忠也に向かい、言い訳する。本当は見惚《みと》れていたのだ。生まれてまだ十日も過ぎていない。それでも揺るぎのない意志を、瞳の中に秘めていた。

「この子はきっと、丈夫に育つぞ。小さくとも、生きようとする志にあふれておる」

「女の子にしては少々勇ましいが……からだの丈夫は何よりだ」

兵六が、苦笑いしつつも、祝辞として有難く受けとる。

七日前、斉藤兵六に初めての子が生まれ、今日はお七夜《しちや》の祝いに招かれていた。親類や近所の者たちも出入りして、そう広くはない御長屋の内はたいそう慌《あわただ》しい。兵六は部屋の一隅に友を誘い、四人で車座になった。

「で、名は何とつけたのだ？」

「言江《ことえ》とした」

「言江か……うむ、良い名だな」

忠也が深くうなずく。誕生七日目のお七夜に、名を与える慣いであった。

「もっとも名付け親は、祖父たる親父《おやじ》殿だがな。生まれるまでは男子より他は認めんと息巻いておったくせに、赤子を抱いたとたん、すっかり魅せられてしもうてな。いまや暇さえあれば、傍に張りついておるわ」

「男子を望んでおったのは、兵六も同じではないか。男子祈願のために、せっせと神仏参りをしておったと、ご妻女からきいておるぞ」

武一が意地悪くにんまりする。武藤一之介と斉藤兵六は、同じ先弓組だけに組屋敷の御長屋もごく近い。妻女とも顔見知りだった。

越坂晋輔と松田忠也は先筒組で、やはり長屋は同じ界隈《かいわい》にある。今年からともに箱根番士を言いつかった経緯も手伝って、互いに親しく行き来していた。お七夜の祝いに呼ばれたのも、それ故だ。

「それは武士たる者、家を継ぐ男子を望むのは道理であろうが。だがな、いまは母子ともに事なきを得ただけで満足しておる。不思議なものだな」

らしくない深い笑みを広げた。武一の胸に、羨望《せんぼう》めいた焦燥がわいた。四人のうち、兵六と忠也は妻子を得ているが、武一と晋輔は未《いま》だ独り身のままだ。忠也は殊《こと》に嫁取りが早く、すでに三人の子持ちである。

「まあ、有難く思えるのもいまのうちだ。三人ともなれば、うるそうて敵《かな》わぬわ」

「忠也のところは男子ばかりであるのだろう？　何よりではないか」

「我が家を一度でも目にすれば、さような悠長は霧散するぞ。喧嘩《けんか》と泣き声に加え、妻の叱声《しっせい》が片時も絶えぬのだ。箱根関所の静けき夜が、ことのほか有難くてならぬわ」

ぐったりと肩を落とす。何事にも一長一短、相応の苦労はついてまわるようだ。

武藤家とて両親と弟妹、一家五人を養うのが精一杯で、この上に嫁や子が増えれば先行きが危うい。それでもひとつふたつ、過去には見合いの話もあったのだが武一は気乗りせず、また両親もいたって呑気《のんき》だ。絶妙にかみ合わさった挙句、二十八歳まで独り身を通してしまった。

「とはいえ、晋輔と武一も、そろそろ観念して身を固める頃合ではないか？」

「ことに晋輔は、年が明ければ三十路《みそじ》ではないか。少しは焦《あせ》らぬか」

兵六と忠也の忠告に、力士並みの巨体の侍は渋い顔を返す。

「しかしなあ、うちはただでさえ、九人もの大所帯であるからなあ」

兄弟は、年の離れた弟ひとりきりなのだが、祖父母と両親がそろっている上に、出戻った叔母とふたりの子供の面倒も見ているという。いかにもお人好《ひとよ》しな晋輔らしいと、思わずため息が出る。

「おれよりも、武一の方が先かもしれぬぞ。なあ、武一」

並みよりひとまわり大きな面相を、晋輔がにちゃあと崩す。

「お、何だ、武一？　縁談でも舞い込んだのか？」と、忠也が真っ先に食いつく。

「いや、それがな、こいつときたら関所のお役目の最中《さなか》というに……」

「馬鹿《ばか》、よせ、晋輔！　あの人とは別に、色めいたことは何も……」

「ほうほう、あの人とは聞き捨てならぬな。ぜひともじっくりと承《うけたまわ》らねば」

九月末の宵、にぎやかな四人の語らいに、赤ん坊の泣き声が唱和した。

「そうか、良いお七夜であったようだな。それは何よりだ」

整った目許《めもと》に、笑いじわを寄せる。

「祝いの角樽《つのだる》も渡しておいたぞ。騎市が大枚をくれたおかげで、上等な諸白《もろはく》を購《あがな》うことができた」

諸白とは清酒のことだ。騎山市之助が務める中小姓は、殿さまの日常の世話を旨《むね》とし、役目柄、江戸上屋敷の御長屋に住まっている。こうして月に二度ほど小田原に帰参するが、兵六の娘のお七夜には間に合わなかった。あらかじめ祝儀《しゅうぎ》を武一に預けておいたのは、いかにも騎市らしい行き届いた心遣いだった。

「おれや晋輔の嫁取り話のついでに、おまえの話になってな。騎山の後継ぎが未だに嫁を迎えぬのは如何《いかが》なものかと、皆案じておったぞ」

「それこそよけいな世話だろうが」と、軽くいなしながらも打ち明けた。「実はいま、縁談が進んでおってな」

「そうなのか！　相手は？」

「音無《おとなし》家のご息女だ」

「国家老の音無さまの娘御か？　さすがは騎市、嫁取りも格が違うな」

「会うたこともない娘と、この先一生添い遂げねばならぬとは。少しも気が引き立たぬわ」

「町人ならいざ知らず、武家の嫁取りはそういうものであろうが」

「武一も先に、似たようなことを申していたぞ」

「あれはまあ、若気の至りで……」

もごもごと言い訳したが、見合いを断ったのはやはりその理由からだ。武家は、格上の家から嫁を迎えることが多い。ために見合いをした後に断るのは、何かと角が立つ。まだ二十二、三であった頃には、その気まずさが面倒に思えたのだ。

「武一も本当は、好いた女子《おなご》と添いたいのだろう？　晋輔からちらときいたが、何やら気のおけぬ女子がいるようではないか」

「晋輔ときたら、見境なくしゃべり散らしおって」

思わず拳《こぶし》を握る。決して晋輔に明かしたわけではないのだが、足軽の衛吉が目ざとく気づいてしまった。

「最近、理世殿と仲がよろしいですね。微笑《ほほえ》ましゅう映ります」

衛吉にはまったく邪気がない。にこにこと告げられて、らしくないほど慌《あわ》ててしまった。

「別に親しくなぞしておらぬわ。同じ関所に勤める者同士、それだけの間柄だ」

「武一、おまえ……真っ赤だぞ」

傍にいた晋輔が、呆《あき》れるほどの狼狽《ろうばい》ぶりだった。騎市には、その辺の仔細《しさい》は省いたものの、いつになくせっつかれて白状した。

「名は、千野理世殿と申してな」

下世話な話には興味を示さぬ騎市が、めずらしく身を乗り出す。家は足軽身分で歳《とし》はひとつ上になるとか、前の夫とは離縁した身であるとか、もごもごと明かした。

「さような女子と、いったいどこで知り合うたのだ？」

「実はな、人見女として関所に入られたのだ。六月だから、かれこれ四月《よつき》近くは経《た》とうか」

「人見女、だと？」

とたんに、騎市の表情が固まった。短いあいだ、何事か考え込む。

「騎市、どうした？」

「あ、いや……人見女とはあまりに慮外《りょがい》でな、面食ろうた」

「まあ、そうであろうな。言うておくが、決してむくつけき婆《ばば》なぞではないぞ。所作はたおやかながらも、凛《りん》とした風情《ふぜい》も感じられてな。心根もお優しく……」

気兼ねの要らない騎市相手で、酒も入っている。つい気を抜いてあれこれと語って

いたが、

「武一、やめておけ」

当たりのやわらかな騎市にしては、らしくない。唐突にさえぎられた。

「人見女ということは、いわばあちらも、家を継ぐ身であろう？」

「そんなことは、言われんでもわかっておる」

「わかっているのなら控えぬか。乞《こ》うても詮無《せんな》き相手だ」

切り捨てるような物言いに、カチンときた。短絡な負けん気が、口からとび出る。

「わかってはおるが、わからんではないか！　先々のことなぞ、誰にもわからぬ」

武一を見返す目には、迷いが浮いている。何を迷っているのだろう？　問い返そうとしたとき、まぶたが閉じられた。

「そうだな、武一……おまえはそういう奴《やつ》だ」

重そうなため息をこぼす。

「そこがうらやましくもあり、眩《まぶ》しくもある。わからぬと言いながら、おまえの描く先々には、必ず望みがあるからな」

「それは……能天気ということか？」

「まあ、そうだな」

笑う顔は、いつもの騎市に戻っていた。

「明後日《あさって》からまた、関所勤めであろう？　おれも明日、江戸に戻る」

「相変わらず忙しいな。何だかんだと江戸と小田原を行き来して、近頃はとりわけ往来が増えてはいまいか？」

「若いというだけで、体《てい》よく使い走りをさせられておるのよ」

騎市の足なら、二日で江戸に着く。もしかしたら年寄役の父か、あるいは藩の重臣の指図により、何らかの役目を任されているのではなかろうか？

そうも思えたが、口に出してたずねたことはなかった。藩政に関わることなら無闇《むやみ》に明かせるはずもなく、身分に開きはあれど侍としてはあたりまえの礼儀だ。

こうして時々、友として語らうことで、互いの重荷や鬱屈《うっくつ》を散じられるのならそれでいい。

「女子ばかりにかまけて、関所役を怠けるではないぞ」

「怠ける暇なぞないわ。小うるさい指南役と、怖い目付殿がおるからな。騎市こそ、江戸で羽目を外すなよ」

「また半月ほどで小田原に戻るからな、それこそ暇がないわ」

いつもの軽口を交わし合い、居酒屋の前で騎市と別れた。

騎市と会ったのは九月晦日《みそか》だった。

その二日後、武一は箱根に登り、今年最後となる関所役に就いた。関所番士の交替は、毎月二日に行われる。

先輩番士の杉田久作からは、晋輔ともども粗忽者《そこつもの》と侮《あなど》られているが、さすがに三度目ともなれば慣れてくる。退屈の虫はうずくものの、日々の旅人改めには障《さわ》りなく、杉田の叱責もだいぶ減った。

また、六月の折には、やたらと数が多く辟易《へきえき》させられたものがある。大名行列である。

大名の参勤交代は、四月がもっとも多く、次いで六月に多かった。

このふた月だけで、七、八割方の大名が江戸に参府し、あるいは国許に帰参する。五月がわずか数家に留まるのは、梅雨時を避けるためであろう。

そして箱根関を通る行列は百数十に上ると、杉田からきかされていた。

指南役の脅しに過ぎぬと半ば侮っていたが、江戸に近い関所ほど、参勤で利用する大名の数は多くなる。六月だけで、上り下り合わせて五十に近い行列が通った。

「五十ならまだましだ。四月は七十を越えたのだぞ！　下座《げざ》が多過ぎて、袴《はかま》の膝《ひざ》に穴があいてしもうたわ」

四月番を勤める先弓組の同輩からは、散々に愚痴をこぼされた。

大名に留まらず、巡見使《じゅんけんし》や幕府の奉行が通る際にも、関守すべてが関所前に膝をつき礼を尽くす。いわゆる惣下座《そうげざ》であり、さらに武一ら下番は、代官と、幕府や大名の公文書にあたる朱印状が通る際にも、下座を強いられる。

「代官はまだしも、状のお通りに、いちいち膝をつかねばならぬとは。何とかなりませぬか、杉田殿」

文句を言うな、としかめ面《つら》を返してから、杉田がひそひそ声で告げる。

「実を言えば、去年までは往々に処しておったのだが、目付殿から達せられ、手を抜けなくなってな」

ちょうどその折に、横目付の望月嘉門にじろりと睨《にら》まれて、慌てて雑談を切り上げた。

それでも状の一通や数人の幕臣なら、すぐに済む。炎天下の中じっと頭《こうべ》を垂れて、いつ終わるともしれない大名行列をやり過ごすのには辟易した。

関所を抜ける手続きは、本陣を通して前もって行われる。

箱根宿の本陣は六つ。一宿二軒が通例なだけに異例の多さで、同じく六軒を擁する浜松宿とともに東海道中最多を誇る。箱根は難所であるだけに、休息所は是が非でも必要で、一方で箱根に宿泊する大名はほとんどいない。日のあるうちに峠を越えて、江戸側の小田原か京側の三島に泊まるのが常だった。

「さすがに行列が三組も重なると、陸《おか》に上がった河童《かっぱ》の心地がしたわい」

「晋輔、何だ、そのたとえは？」

「頭の天辺《てっぺん》から、干《ひ》乾《から》びるということよ」

夕餉《ゆうげ》の後、酒を呑《の》みながら冗談で気を紛らしていたが、横目付の望月にたしなめられた。

「そう、ぼやくな。我らも難儀だが、毎年行列を率いてここを通らねばならないご家中は、さらに難儀であろうて。今日お通りになられた摂津守さまは、この先肥前まで、ひと月もの長旅が続く。それを強いる幕吏《ばくり》としては、せめてもの礼を尽くさねば」

「幕吏、とは……我らが？」

「我らは大久保家の家臣でござろう」

「役目を担《にな》うているのは大久保家だが、箱根の関は幕府がためのもの。故にいまの我らは、幕臣と変わりない」

思ってもみなかった事実に、武一が目をしばたたかせる。それ以上に意外に思えたのは、望月の眉間《みけん》に、かすかながら苛立《いらだ》たし気な気配が漂っていたことだ。氷目付と噂《うわさ》される通り、平素は喜怒哀楽など面に出さない。この男にしては、しごくめずらしい。

「参勤交代は、諸家の勢いを削《そ》ぐばかりでなく、謀反《むほん》を防ぐために巧妙に策を弄《ろう》されている。安芸《あき》広島と長門《ながと》萩のご領主は、ともに四月に東西逆の方角に向かう。何故かわかるか？」

「どちらも三、四十万石の、大大名であるが……」と、晋輔が呟《つぶや》く。

「あいだに周防《すおう》徳山が挟まってはおるが、わずか四万石。領主は同じ毛利で、長門萩の支領にあたる」

「もしや、力のある外様《とざま》大名同士が、顔をつき合わせ謀反の相談をせぬように、ということですか？」

ようやく捻《ひね》り出した武一のこたえに、望月がうなずいた。

「外様だけに限らぬ。尾張さまと紀伊さまも、やはりご同様だ」

「尾張と紀伊は、同じ徳川でござろうに」

「しかし万が一にでも両家が手を組めば、もっとも恐ろしい敵となり得よう？」

いかにも、と晋輔が素直に認める。

「座学として知ってはいたが、こうして関所に詰めて、西に東に流れていく行列を見ておると憂《うれ》いがわく。国の内を見張るより、もっと外に目を向けるべきであろうに……」

「望月さま、国の外とは？」

武一の問いに、はっと気づいたように望月が顔を上げた。

「いや、埒《らち》もないことをしゃべり過ぎたな。他愛のない愚痴と思うて、忘れてくれ」

席を立ち、となりの寝間へと消えた。伴頭と杉田は、すでに先に休んでいる。襖《ふすま》が閉まると、晋輔が声を落として言った。

「目付殿が、ああも長く語るとは、めずらしいこともあるものだな」

「話の中身もさることながら、座学というのも引っかかる」

「座学は座学であろう」

「その座学を、どこで学んだかということよ。騎市と望月さまは学問所が同じだと、前にちらときいた」

「上士の息子が通うといえば、『集成館』であろう」

集成館は、いまの藩主が開校させた、小田原藩の藩校であった。

「いや、集成館は六年前に開かれた。騎市や望月さまでは歳が合わぬし、たしか、町場の何とかという私塾であったと……」

「幼馴染《おさななじみ》なら、きいておらぬのか」

「学問には興が乗らぬ故、きき流してしもうた。何といったか……加賀百万石とか瓦《かわら》とか……」

「さっぱりわからぬぞ」

「おふたりとも、酒の席だというのに、難しい顔をなされていますね。この辺で、甘い物でもいかがですか？」

衛吉がふたりの前に、豆腐の鉢を置いた。

「おお、田楽焼きか。これは嬉《うれ》しい」晋輔が相好を崩す。

「手を抜いて、焼いてはおりませんが。名付けて奴《やっこ》田楽です」

練味噌《ねりみそ》を塗って炙《あぶ》った豆腐が田楽だが、冷奴に甘味噌をかけただけの代物《しろもの》のようだ。

ぱくりと頬張ると、味噌の甘みと豆腐の滋味が口いっぱいに広がった。

「お、これは旨《うま》い！　甘味噌が思いのほか、さっぱりしておるな」

「裏山で夏蜜柑《なつみかん》の木を見つけまして、汁を少うし絞ってみました」

衛吉は器用なたちで、料理の腕も悪くない。自ら「手抜き皿」と称する一皿を、酒《しゅ》肴《こう》などに出してくれるのだが概《おおむ》ね味が良く、ちょっとした工夫が凝らされている。

奴田楽の旨さに釣られ、加賀も瓦も、すでに頭の内から消え去っていた。

この奴田楽は六月のあいだたびたび供されて、行列の往来に疲れきった番士たちに喜ばれた。十月の勤番が始まると、大食らいの晋輔は真っ先にねだったが、衛吉は残念そうに肩を落とした。

「それが……贔屓《ひいき》にしていた豆腐屋の爺《じい》さんが、先月の末に往生しまして」

「芦川《あしかわ》町の外れまで、わざわざ買いに行くと言うていた、あの豆腐屋か？」

「さようです、武一さま。秋口に風邪で寝込んで、枕《まくら》が上がらぬまま逝《い》っちまったそうで。七十に近い歳でしたから、仕方ありませんが」

箱根宿は五町あるが、芦川町は関所からもっとも遠い。『翁《おきな》豆腐』と呼ばれていた豆腐屋は、さらに街道から外れた奥まった場所にあり、店というより小屋に近い代物だそうだが、衛吉は豆腐は翁と決めていて、三日に一度は通っていた。

「豆腐屋なら、他にもあろう。そう味は変わらぬのではないか？」

「いえ、お言葉ですが、翁豆腐は格別でした。大豆の風味がどっしりして、雑味がなくほのかに甘い。他の豆腐屋も試してみましたが、どうもへこたれた豆腐ばかりで」

衛吉は試しに湯豆腐を拵《こしら》えてくれたが、なるほど言われてみれば、何か物足りない。湯豆腐でこの調子では、甘味噌の濃い味に負けてしまうと衛吉は告げた。

「奴田楽を楽しみにしていたのだが、残念だのう」

「すみません、晋輔さま。ですが暦は冬とはいえ、秋の実りも残っておりますから。栗《くり》やら柿《かき》やら茸《きのこ》やら」

「そうだな、膳《ぜん》の彩《いろど》りには事欠かんな」

晋輔は気を取り直したが、肝心の料理人は少し寂しそうだった。

大名行列が行き交った六月にくらべれば、十月の勤番はしごく呑気であった。

しかし月の半ばになって、小さな事件が起きた。

「次の者、ここへ」

足軽に促され、町人夫婦らしきふたり連れが進み出る。縁先に女房が膝をつくまでに、少々暇がかかった。

「すみません、この通りなもので。女房の無作法は、勘弁していただけませんか」

座した姿では、満足に頭を下げられぬようだ。女房の腹は、大きく前にせり出していた。

「構わぬ。手形をこれへ」

武一は型通りの文言を述べたが、となりの晋輔は気遣わし気にたずねた。

「身重で旅とは、難儀であろう。そのようすでは、産み月は間近ではないのか？」

「いえ、産婆《さんば》の見立てでは、八月《やつき》を過ぎたばかりで……生まれるのは、ふた月は先のはずなのですが……」

そうこたえながらも、ぱんぱんにふくらんだ腹を横目に、少々とまどった顔をする。

手形を定番人が改めて、真ん中の晋輔を経て武一に回ってきた。

江戸神田に住まう、佐次郎《さじろう》および女房みの。箱根宿に罷《まか》り越し候《そうろう》と状にはある。

「箱根宿に、見知りでもおるのか？」と、ついたずねていた。

「はい、あっしはもともと箱根宿の生まれでして。関所向こうの芦川町です」

さようか、と納得しながら、おや、と目を留めた。手形が往復ではなく、片道であったからだ。一時の里帰りではなく、親元に帰ってきたのだろうか。

「これ、早うせぬか」

後ろから杉田にせっつかれ、急いでもう一枚の手形に目を通す。女房は出女に当たるため、女手形が添えられていた。目鼻立ちや特徴を当人と引きくらべ、間違いはなさそうだと判じた。あとは証文に押された、幕府御留守居役《おるすいやく》の印を改めれば良い。後ろにいる杉田に状をまわしたとき、となりの上の間から大きな声がした。

「おお、来たか！　ささ、早う門内に入れて仕度をさせい」

嬉々《きき》とした声の主は、今月の伴頭の永倉弥五兵衛《やごべえ》である。

六人の伴頭のうち、まだ四十前ともっとも若く、そのせいか少々調子が軽く忙《せわ》しない。

「永倉さま、何事ですか？」

「喜べ、杉田！　力士の一行が来たのだぞ」

「相撲ですか！　それは大いに退屈凌《しの》ぎになりますな」

杉田もたちまち目を輝かせる。山上ではろくな娯楽もなく、番士は関所に閉じ込められているに等しい。そんな毎日の中で唯一《ゆいいつ》の楽しみは、関所を通る旅回りの一座や諸国を巡業する相撲の力士であった。

彼らは手形がなくとも関所を通行でき、代わりに関所役人に芸を見せる。ひとつ所に落ち着くことをせず、諸国を渡る旅芸人には毎度の手形は煩雑《はんざつ》が過ぎ、それ以上に無聊《ぶりょう》をかこつ番士たちの希求が強かったのかもしれない。いわばそれぞれの芸が手形代わりで、芝居や軽業、講談や浄瑠璃《じょうるり》などを役人の前で披露《ひろう》するのが慣習となっていた。

中でも力士の一団は歓迎され、力や技を見せつける組み合いや、また並外れた体軀《たいく》の男たちが派手に投げられるさまは、毎度やんやの喝采《かっさい》を浴びる。

武一とて相撲は大好きなのだが、次の永倉の命には面食らった。

「これより一時《いっとき》のあいだ、両門ともに行き来を止めよ！」

「ご伴頭、それは如何なものかと。道を急ぐ旅人も多く、一時も滞っては役目に障りが出ようかと……」

すぐさま望月が進言したが、伴頭はきく耳をもたない。力士たちの到着は、あらかじめ旅籠《はたご》から知らされていて待ちかねていたようだ。

「役目の合間では、じっくりと見物ができんではないか。相撲に気をとられ、手続きに粗相が出ればそれこそ障りがあろうが。まあ、門を閉めるわけにはいかぬからな。足軽を増やし、通り抜けせぬよう見張らせるのだ」

突飛ながら筋は通っている。望月もそれ以上突っぱねることができず、黙って杉田にうなずいた。

やりとりがきこえていたのだろう。縁先にひざまずいた亭主が、不安げに武一を仰いだ。

「佐次郎と申したか。すまぬが一時ばかり待たせることに相成った」

「さようですか……」と、亭主は諦《あきら》めたようにため息をついた。

「身重の女房を冷やしてはいかぬからな。日当たりの良い場所で待っておれ」

気の優しい晋輔が、気の毒そうに言葉をかけた。

亭主の腕にすがり、ひどく重そうに腹をもち上げて女房が立ち上がる。まだ子が腹にいた頃の、兵六の妻女を思い出した。八月ときいたが、すでに臨月に入っているのではなかろうか？　そう思えるほどに腹の丸みが目立った。

もうひとつ、夫婦を見送る眼差《まなざ》しがあることに、武一は気づいた。

長い縁の奥に、膝をそろえた理世だった。

まだ見習いの身分だが、四月のあいだにだいぶ慣れたのか、落ち着きが増していた。母の登世のとなりから、気遣わし気に夫婦を見送る。その折に目が合って、会釈《えしゃく》を交わす。それだけで、褒美《ほうび》をもらったような心地がした。

しかしそんな甘い心地も、いざ相撲が始まるとどこかにとんでいった。

伴頭はわざわざ土を盛って土俵を作らせ、六人の力士総当たりとなる五番勝負をさせた。まわしをつけた大柄な男たちのからだが、派手にぶつかり合う。土俵の真ん中にがっぷりと四つに組み、互いに一歩も引かぬ一番もあれば、行司の掛け声が終わらぬうちに、ころりと地面に倒されることもある。どれも手に汗握る取り組みであったが、見事全勝を飾ったのは、六人中もっともからだの小さな小兵《こひょう》力士だった。

「この鳴岳《なるたけ》と、四勝した鎧岩《よろいいわ》は、うちの二枚看板でございましてな。本日は鳴岳の技に軍配が上がりましたが、鎧岩の力が勝る場合もございます」

「うむ、いずれも天晴《あっぱれ》な勝負であったが、ことに鳴岳の技の見事には感服いたした。直々に褒美をとらせよう」

伴頭の永倉は上機嫌で、鳴岳関と親方に気前よく金一封を与えた。勝負というものは、おしなべて男たちの血を騒がせる。武一のとなりから、晋輔がすっくと立ち上がった。

「ぜひ、それがしとも、お手合わせ願えまいか。いかがでござろう、永倉さま」

「おお、越坂か、それは良い。どうだ、我が関所一の力士と、ひと勝負願えぬか」

親方は喜んで試合に応じ、諸肌《もろはだ》脱ぎになった晋輔と鳴岳が土俵上に向き合った。巨漢の晋輔の前では、鳴岳の小兵ぶりはよけいに際立《きわだ》つ。

「よいか、決して手を抜かず、本気で頼むぞ」

「心得ました」

晋輔の声に、鳴岳が神妙にうなずく。

「見合って見合って……はっけよい！」

行司のひと声に、大小のからだが激しくぶつかる。相手を捕えんとする晋輔の両腕を幾度もかわし、その分厚い胸に鳴岳が頭をめり込ませた。互いのまわしと帯に手をかけようとする攻防が続き、鳴岳の頭が晋輔の左脇《わき》から出た。その姿勢のまま動けぬようだ。晋輔の額から汗が流れる。たっぷり百を数えるほどの間が過ぎても勝負はつかない。晋輔がまわしを摑《つか》んだ両手に力を込めて、鳴岳の腰が浮いた。そのまま土俵の外へ放り投げようとしたが、鳴岳は土俵際で踏み留まり、巧みに向きを変え、その瞬間、勝敗が決まった。

鳴岳が晋輔の左足を払い、重心を失った巨体が尻《しり》から地面に落ちる。見物人から大きな歓声が上がった。武一も両手を握りしめ、喉《のど》が破れんばかりに叫んでいた。

「杉田殿、それがしもぜひ、あの小兵と一番願いたい。よろしいか」

「越坂が負けた相手に、敵うわけがなかろうが……まあ、よいわ。御伴頭にお頼みして……」

しかし話の途中で、背中から声がかかった。

「武一さま、武一さま！」

ふり向くと、いつになく慌てたようすの理世の顔があった。

「どうされた、理世殿」

「さきほどの夫婦者ですが……女房の加減が急に変じまして」

「変じたとは、どのような？」

「激しい腹病みに見舞われて、もしかすると子が産まれそうなのではないかと……」

「何だと！」

本来なら伴頭に指示を仰ぐところだが、永倉は未だ興奮冷めやらぬようすで、水を差すなと杉田に止められた。

「こういうときこそ、頼るべきは定番人だ。幸い立木庄左衛門《しょうざえもん》は、定番人中いちばんの古株だ。急ぎ庄左衛門に知らせて、手配りさせよ」

番士たちからは少し離れて観戦していた庄左衛門の許に走り、仔細を説いた。すでに五十の坂を越えた定番人は、動揺することもなくすぐにこたえた。

「未だ関を越えておらぬとなれば、江戸口側の新谷町《あらやまち》に留めるしかありませぬな」

箱根五町のうち、新谷町だけが江戸口側に位置している。戸数わずか十五、六軒の小さな町だけに、妊婦を引き受けてくれそうな家は咄嗟《とっさ》には思いつかない。

「ひとまず、私の家に連れていきます」

「そういえば、庄左衛門の家は新谷町であったな。それは助かる、造作をかけるな」

「慣れておりますから、お気遣いは無用です。身籠《みごも》った女子でしたら、戸板も要らぬはず。じき痛みが治まれば、自力で歩くことができましょう」

庄左衛門の言葉どおり、女房の腹痛はひとまず治まり、その隙《すき》に、江戸口御門からもっとも近い立木家に夫婦者を連れていった。庄左衛門と武一、そして理世も、女房を労《いた》わりながら同行した。

立木庄左衛門宅は、新谷町のとっつき、もっとも関所に近い一角にある。

しかし間口は、その先に連なった町屋とさほど変わりなく、建物もかなり古びていた。戸口を入ると土間だけは広かったが、奥は四つの座敷があるきりだ。庄左衛門の妻は、頬骨の目立ついかつい顔つきの女だったが、夫から何を命じられるまでもなく、すぐに察したのだろう。奥の六畳間に手早く床《とこ》を伸べ、女房を休ませた。

待つほどもなく、衛吉が産婆を連れてきた。箱根宿の産婆は、関所の向こう側にしかおらぬため、衛吉に頼んでおいたのだ。襖を閉めて見立てを行い、しばしの後に奥から産婆が出てきた。

「これは一両日のうちに産まれるな。ここでややを取り上げるしかなかろう」

「そんな……江戸の産婆は、まだふた月は先だと……だからこそ、旅に出たというのに……」

亭主の佐次郎が、言い訳気味に呟く。腹の張り具合からして早産というわけではなく、単に産み月の勘定が合わなかったのだろうと、産婆はむっつりと告げた。

「女房の話では、月のものが定まってはおらなんだようだし、腹の張りようも人によってさまざまだからな。それで見立てが狂うたのだろうが、ひと月ふた月の違いなどよくあることだ。わざわざ旅をする浅はかを、悔やむべきだったの」

佐次郎はぎゅっと目を瞑《つぶ》り、膝の上で両の拳を握りしめた。

「仕方なかったんだ……ここより他に、行き場がなくて……」

江戸を離れたのには何か事情がありそうだが、そろそろ役目に戻らねばならない。

庄左衛門の女房と産婆に後を任せ、衛吉を含めた四人は関所に戻った。

いつもどおり暮れ六つに門が閉まり、夕餉《ゆうげ》を済ませたがやはり気になる。永倉の許しを得て、立木家へと赴いた。

「どうだ、庄左衛門。ややは産まれたか？」

「いいえ、まだまだ。産婆の話では、明日になりそうです」

「そうか……あんな声をきかされ続けては、おちおち眠ることもできぬな」

襖の向こうからは、時折おみのの呻《うめ》き声が響いてくる。お産ばかりは、男は何の役にも立たない。佐次郎もまた、部屋の隅に切られた囲炉裏端で、つくねんとしていた。

「それよりも、産まれてくる赤子の方が気になりますな。男子であれば良いのですが、もしも女子であれば、少々厄介なことに」

「男子を望むは世の常だが、そう疎《うと》んじることもなかろう。この前生まれた兵六の娘も、たいそう可愛《かわい》く……」

「いえ、そういう話ではございません。もしも女子であれば、その赤ん坊は、関を越えられませぬ故」

「何だと？　どういうことだ、庄左衛門」

「ご存知のとおり、女子には女手形が欠かせませぬ。もしも女子を授かれば、その赤子にも女手形が入り用になりまする」

　遅まきながら、事の深刻さにようやく気づいた。並の手形なら、道中の旅籠でも入手は叶《かな》う。しかし女手形だけは、在所の家老などの印が不可欠で、江戸者なら江戸城留守居役となる。他の印では関所の通行は叶わない。

「まさか……そのために江戸に戻れというのか？」

「さようです。それより他に策はありませぬ」

　関所の玄人《くろうと》たる庄左衛門が断言し、囲炉裏端から悲鳴のような声が応じた。

「いまさら江戸になぞ戻れねえ！　おれたちは夜逃げ同然で、江戸を出てきたのに……」

「夜逃げ……だと？」

「借金取りに追われて……だが、金はすでに返したんだ！　なのに……」

佐次郎は、悔し涙をこぼす。武一は佐次郎のとなりに場所を変え、仔細をたずねた。

「四年前に、おみのと一緒になって店を開いた。そのときに金を借りたんだ……そいつをようやく払い終えたと思ったら、金貸しがおれたちを騙《だま》しやがって」

利息と称して、借金は元の三倍にもふくらんでいたという。返す謂《いわ》れはないと突っぱねると、嫌がらせが始まった。荒っぽい男たちがとり立てに押しかけてきて、商売すらろくにできない。

「おみのもすっかり参っちまって、いっそ他所《よそ》の土地でやり直した方がいいかと考えるようになった。だが、おれの商売は水が命だ。良い井戸がねえと、旨い豆腐は作れねえ」

「おまえは、豆腐屋だったのか」

「はい。芦川町の外れにある、翁豆腐をご存知ですか？　おれの母方のじいさんでして」

「そうか、おまえはあの豆腐屋の孫であったのか。あの豆腐の味は、よう覚えておるぞ。田楽にすると、また格別でな」

「水を吟味して、大豆をていねいに選《よ》り分けて、何よりの勘所はにがりを入れる前の温《あたた》め具合でしてね。細かなところにも手を抜かず、丹精してようやくあの味になるんでさ……もっとも気づいたのは、自分も豆腐屋になってからですが」

悲しそうにうつむいた。父親が死んでから、母とともに祖父の許に引き取られた。子供の頃は祖父に張りついて豆腐作りを手伝っていたが、十五のときに母が死んでから、頑固者の祖父とは反りが合わなくなった。十七で家を飛び出して江戸に行き、何年かはごろつき同然の暮らしをしていたという。

そんな佐次郎を変えたのは、女房のおみのだった。

「おみのと一緒になって、暮らしを立てることを初めて考えた。おれにできるのは、豆腐を作ることだけだ。でも、いざてめえでやってみると、さっぱり味のしねえ、ふやけた寒天みてえな豆腐しかできなくて」

江戸の豆腐屋に弟子入りすることも考えたが、祖父より旨い豆腐には出会えなかった。

「それで恥を忍んで、じいさんに便りを出した。詫《わ》びを入れて、旨い豆腐のこつを教えてほしいと頼んだんでさ」

水や大豆の吟味、豆乳の温め加減などは、祖父が教えてくれたと語る。

「本当は子供が産まれたら、いっぺん里帰りして、ひ孫の顔を見せてやるつもりでおりやした。なのに、ふいに逝っちまって……」

　口許が歪み、嗚咽《おえつ》が漏れた。金貸しに難儀している折に、祖父が死んだとの知らせが届いた。まるで祖父が呼び戻してくれたように、佐次郎には思えたという。

「おみのの手形を仕度して、有り金をはたいてここまで来たってのに……子供を連れて戻るなんて、とてもできやしねえ……」

　事情をきいて、武一と定番人が顔を見合わせる。

「何とかならぬのか、庄左衛門。祖父の家は、目と鼻の先だというに、こんなところで足止めを食ろうては立つ瀬がなかろう」

「こればかりは如何《いかん》ともしがたく。やはり男子が産まれるよう祈るしか……」

「何という融通のきかなさだ！　だいたい女子に限って通さぬとは、何べんきいても得心がいかぬわ」

「仮にも関所番士が、それを申されては元も子もありませぬ」

　あくまで生真面目《きまじめ》に、庄左衛門が応じる。

　おみのは翌日の昼過ぎに、無事に子を産み落とした。

　皆の祈りも虚《むな》しく、産まれた子は女の子だった。

「ですから！　豆腐屋夫婦が関を越えられなんだのは、もとはといえば、我らが相撲なぞに現《うつつ》を抜かしておった故《ゆえ》の始末にございます」

「それでは今度のことは、わしの不始末というか？」

「いえ、決して永倉さまだけに責めを負わせるつもりはなく、我ら関所番士、皆の手落ちであると……」

「この、馬鹿者が！　よけいにまずいわ。いいか、関所番士がたるんでおる故に、新たに我らが配されたのだぞ。なのに不届きをしでかしたとあっては、面目が立たぬではないか！」

「親子三人の、暮らしがかかっておるのですぞ。面目など二の次です！」

「武士にとっての面目は、命よりも重いのだ。よう覚えておけ！」

　寝間へと下がる伴頭の背中で、襖が派手な音を立てて閉められる。

　夕餉の後で、武一は伴頭に頼み込んだが、叱責を買っただけだった。むっつりと不機嫌な顔で、武一は酒を喉に流し込んだ。

「あの調子では、埒が明かぬな。佐次郎親子には可哀想《かわいそう》だが」

「可哀想で済むか！　せっかく玉のような女の子を授かったというに、夫婦そろってすっかり気落ちしておるわ」

晋輔に向かって、八つ当たりぎみに吠《ほ》える。銚子《ちょうし》を運んできた衛吉も、ため息をつく。

「せっかく翁豆腐の後継ぎが来てくれたのに、残念ですね……皆で合力すれば、路銀《ろぎん》くらいは工面できましょうか」

「娘の女手形を取るとなれば、おそらくは元の大家に頼まねばならぬのではないか？　となれば、金貸しに捕まってしまうやもしれぬ。さような危ない橋は渡れまい」

晋輔の意見はもっともだ。武一と衛吉が、さらにため息の数を稼ぐ。

「おまえたち、少しは頭を使わんか」

それまで黙ってきいていた望月が、めずらしく口を出した。

「あの夫婦は、江戸を引き払うてきたのであろう？　ならば、江戸御留守居役の証文は要らぬはず」

あっ、と三人が、思わず声をあげた。

「そうか！　すでに江戸に家はなく、この地に移り住んだとあらば、当家のご家老の証文で事は足りるということか！」

「しかし、翁豆腐は関の向こう側にあたるのだろう？　それではちと、ややこしいことにならぬか？」

「それならいっそ新谷町の側に、いったん間借りさせてはいかがです？　百姓家の離れや納屋《なや》でよければ、見つかりそうに思います」

「おお、衛吉、それは妙案だ。証文を得るまでの数日なら、納屋でも辛抱できよう」

「明日、さっそく探してみます」

衛吉の働きで、翌日のうちに一家の落ち着き先が見つかった。

新谷町から山を下り、杉並木を越えた辺りにある百姓家の離れだ。未《いま》だ立木家で世話になっている佐次郎夫婦には、武一が知らせに行った。

「かなりのボロ屋だそうだが、炉は切ってある故、暖はとれるそうだ。大家たる百姓も、翁豆腐は贔屓にしておったそうでな。店賃《たなちん》は後々、豆腐で返してくれれば良いそうだ。当座の米や炭は、関所から運ばせる。相撲のおかげで難儀をかけたからな。ご伴頭よりの格別の計らいだ」

本当は武一が頼み込み、渋々ながら永倉に承諾させた。娘の手形は、城下に行って小田原藩で手続きするようにと説いた。

「ありがとうございます！　何とお礼を申してよいか……これで娘が生まれたことを、心の底から喜ぶことができます」

佐次郎とおみのは、まるで拝むようにして感謝を告げる。

「礼にはおよばん。それよりお七夜までに、娘に良い名をつけてやれ」

「それならもう、決めております」

「ほう、何という名だ？」

「いくと名付けました。死んだじいさんが、幾三《いくぞう》と申しまして、一字もらいました。おれは孝行できませんでしたが、じいさんはあの世に逝ってからも、あっしらを守ってくれたように思えて……」

「そうか、おいくか、良い名だな」

　母親の腕の中にいる赤ん坊を覗《のぞ》き込む。昨日産まれたての赤子は、まだ顔が赤く、目も腫《は》れぼったい。それでも武一が頬をつつくと、応《こた》えるように身じろぎした。

　それから数日後、武一と晋輔は衛吉とともに、百姓家の離れに佐次郎一家を訪ねた。

　その日はおいくのお七夜にあたり、また、無事に娘の証文を取ることができたとの知らせが届いたからだ。祝いがてら出掛け、乳の出が良くなるようにと土産の餅《もち》をわたす。

　これも持参した酒で祝杯をあげ、半時ばかり過ごして離れを辞した。

「明日にも芦川町に引き移るときいて、安堵《あんど》したわ。今度こそ、手早く通してやらぬとな」

「これでようやく、美味《おい》しい豆腐が食べられますね」

「豆腐が手に入ったら、さっそく田楽を拵えてくれよ」

「任せてください、晋輔さま。湯豆腐田楽、楽しみになすってください」

豆腐を種に話がはずむ。しかし百姓家から畦道《あぜみち》を抜け、街道に出てまもなく、杉並木にかかるより前に、晋輔がにわかに催した。

「関所までもたぬのか？」

「あの長い杉並木は、越えられそうにない。すまんが、待っていてくれ。門番に何度も造作をかけるわけにもいかぬしな」

大柄なからだが、がさがさと藪《やぶ》の中に消える。今宵《こよい》は半月だが、月は東に昇ったばかりだ。提灯《ちょうちん》は晋輔に貸し、衛吉と闇の中に突っ立っていた。手持ち無沙汰《ぶさた》で待っていたとき、かすかな悲鳴をきいたように思えた。思わず、衛吉と顔を見合わせる。

「武一殿にも、きこえましたか？」

「ああ、小さいが、たしかに女子の声のような」

「この辺は山賊はおらぬはずですが……放ってはおけませんね」

ひとまず、声のした方に走った。杉並木とは逆の方角に、山道を駆け下る。道はくの字に大きく折れていて、曲がった先に、提灯の丸い灯りが見えた。人影はふたつ、どうやら男女のようだ。

話の中身まではわからぬものの、女の方が何事か訴えており、男がなだめているようだ。女が男から顔を背け、その拍子に、火影《ほかげ》が女の顔を捉《とら》えた。

「あれは……理世殿ではないか？」

「たしかに、理世殿です。今日は関所勤めを、休んでおりましたのに」

「相手の男は、誰であろうか……？」

「少なくとも、顔見知りのようですが……あの姿は、侍ですね」

何か込み入った仔細《しさい》はありそうだが、無体を働かれているようすはない。

男の低い声が続き、理世が二度、三度うなずいた。そして男に辞儀をして、向きを変えた。脇道の奥に、大きな百姓家が見える。そちらに向かう理世を見送って、男は山を下る方角に踵《きびす》を返した。

追いかけて、どこの誰なのか確かめたい――。

その思いが先んじて、つい前のめりになった。足許《あしもと》の小枝が、ぱきりと鳴った。

男がふり向き、灯りにその顔が浮かんだ。

叫びそうになる声を、喉を抑えて押し留める。

相手はしばし不審の目をこちらに注いでいたが、気のせいと思ったか足早に去っていく。道の先を折れ、侍の姿が消えると、衛吉が上ずった声でささやいた。

「見間違いやもしれませぬが……いまのお方はもしや……」

思わず食いしばった歯が、ぎ、と嫌な音を立てる。

「いや、間違いではない……あれは、騎市だ」

初冬の月は、妙に青白い。その青ざめた光が、胸に冷たく差し込んだ。

瓦《かわら》の州《くに》

「一之介、きいているのですか、一之介！」

武一をその名で呼ぶのは両親だけだ。ふと我に返ると、母の繁《しげ》が呆《あき》れた顔で見下ろしていた。

「また上の空ですか。目を開けて眠る癖でもついたのですか？」

嫌味の雨をこぼされて、仕方なく畳に仰《あおむ》向けになったからだをのろのろと起こした。

「何ですか、母上」

「ですから、干瓢《かんぴょう》です」

「干瓢、とは？」

「干瓢が干し上がりましたから、相馬《そうま》の家に届けてほしいのです。友之《ともの》介《すけ》は、甘く煮た干瓢が好物ですからね」

「届け物なら、お代《だい》に頼んでくださりませ。たかが干瓢、仮にも当主のおれが、どうしてわざわざ……」

「ご当主だからこそ、一之介殿にお願いしているのです。友之介があちらさまに移って、ひと月が経《た》ちますからね。そろそろご挨拶《あいさつ》に伺わねば」

当主というときこえはよいが、この手の些末《さまつ》な用事ばかりがやたらと増えた。父の俵兵衛は、それを嫌って早めに隠居したのではないかと、余計な邪推まで浮かんでくる。

「挨拶なら、年の暮れでよろしいでしょう。何も霜月なぞという半端《はんぱ》な時に出向かずとも」

「暮れにはもちろん、ご挨拶に行きますよ。年が明ければ、佳名《かな》殿との祝言《しゅうげん》が控えておりますからね。それまで三月《みつき》近くも、なしのつぶてというわけにはいきますまい。このあたりが、よい頃合ですよ」

弟の友之介は二十四歳、武一の四つ下になる。今年の正月だから、ちょうど武一が箱根御番をたまわった頃、友之介に養子話が舞い込んだ。

奥御番を務める七人扶持《ぶち》の相馬家で、当主は五十代の温厚な人物だ。婿《むこ》入りではなく、姪《めい》の佳名と娶《めあ》わせて夫婦養子としたいとの申し出だった。

武藤家にしてみれば、願ってもない話だ。弟も承知して、めでたく年明けに祝言の運びとなった。その前に少しでも家風に馴染《なじ》んでおこうと、友之介は先月、十月の初旬から相馬家で暮していた。

「わかりました……相馬家には、そのうち出向きます」

背を向けたが、母のため息が追ってくる。

「塞《ふさ》ぎ込むのも、たいがいになさいませ。らしくありませんよ、一之介」

元気と身軽だけが取り柄の長男が、十月の箱根勤番を終えて今月二日に帰ってからというもの、すっかり腑抜《ふぬ》けている。母はもちろん、十七になる妹の代にも何事かとたずねられたが、同じ台詞《せりふ》で凌《しの》いできた。

「……お役目のことで、気がかりがあるのです」

「それは何べんもききましたが、狭い家の真ん中でぐずぐずされては、冬場に黴《かび》が生えそうですからね。まるで陸《おか》の上のナマコのようだと、お父上も申されていましたよ」

「ナマコとはあんまりな。父上ときたら、口が悪い」

父の俵兵衛だけは、母や妹のように構うことをせず放っておいてくれたのだが、そんな陰口をたたいていたのかと、にわかにむっとする。

「お天気もいいし、気晴らしに出かけるにはちょうど良い道程です。いってらっしゃいましな」

息子がこの家の当主であるだけに物言いだけはていねいだが、あつかいはいたってぞんざいだ。箒《ほうき》で塵《ちり》でも掃き出すみたいに、外へ払おうとする。いつになくしつこくせっつかれ、とうとう重い腰を上げることにした。

いそいそと息子の仕度を手伝いながら、思い出したように母が告げる。

「そういえば、騎山さまのところにも、干瓢をお届けしなくてはね。もうひと包み拵《こしら》えますから、相馬家の帰りに……」

「騎山家には、行きません！」

急いで断りを入れたが、唐突な上に、少々声が大き過ぎた。びっくりしている母からではなく、座敷の外から応じる声がした。

「何だ、騎山の坊ちゃんと喧嘩《けんか》でもしたのか？」

ひょっこりと廊下から顔を出したのは、俵兵衛だった。隠居の身となってからは、毎朝、釣りに出掛けるのが日課となっていて、昼の一時《いっとき》前のいま時分に帰ってくる。

「別に、そういうわけでは……」

「なるほど、このところの不機嫌の種はもしや……」

父の目が、にんまりと細められる。いかにも呑気《のんき》そうな外見に騙《だま》されがちだが、俵兵衛は如才がなく悪戯《いたずら》好きでもある。からかいの種にされてはたまらない。

「騎市には、関わりありません！　母上、早う土産の干瓢を。では、行ってまいります！」

　母が包んだ風呂敷《ふろしき》を引っつかみ、急いで座敷を退散した。

「我が息子ながら馬鹿《ばか》正直な。あれでは塞ぎの元は騎山市之助だと、宣しておるのと同じではないか」

「それがあの子の取り柄ですよ。大丈夫、土産はふた包み持たせましたから、騎山のお屋敷にもきっと伺いますよ」

　両親のやりとりは届かなかったが、それでも家を出しな、腹いせのように庭先にある枯れかかった葉叢《はむら》に向かって悪態をついた。

「おまえのせいで、とんだとばちりだ」

　実をつけて役目を終えた夕顔は、風に揺れて申し訳なさそうにお辞儀した。


　庭に夕顔を植えはじめたのは、隣の甲斐国《かいのくに》から嫁いだ曾祖母《そうそぼ》だときいている。

　富士の北麓《ほくろく》には夕顔畑があり、干瓢作りも盛んだった。実家から種を送ってもらい、それを苗に育て、庭の日当たりの良い場所に植えた。以来、毎年欠かさずくり返されて、夏は白い花を愛《め》で、秋に実を収穫する。

夕顔には瓢簞《ひょうたん》型の実もあるそうだが、武藤家に伝わる株は、鞠《まり》のように大きくて丸い実をつける。この実を輪切りにして皮を剝《む》き、白い身を紐《ひも》状に薄く桂剝《かつらむ》きにする。一日か二日、天日に干すと、真っ白な干瓢になる。

曾祖母から武藤の嫁たちに受け継がれ、甘く煮た干瓢は、弟のみならず武一も好物だ。ただ今日ばかりは、手に提げた頼りない包みが妙に重い。

そういえば、と思い出した。子供の頃にも、やはり風呂敷包みが、ひどく重く感じられたことがある。あのときも、騎山家に干瓢を届けるよう使いに出された。

鬱々《うつうつ》としていたのは、その前夜、両親の話をきいてしまったからだ。

「……というわけでな、しばらくのあいだ、お役差し止めと相成った」

武一が十歳のときだ。夜《よ》深《ふ》けに厠《かわや》に行き、戻る折に立ち聞きしただけに、どういうわけなのかはわからなかった。

「しばらくとは、いつまでなのですか？」

「わからぬ、組頭の――さましだいだ。あちらの機嫌が治らねば、半月でもひと月でも続くやもしれんぞ」

一癖ある父のことだ、上役の組頭から不興を買い、それでも恭順する真似《まね》を拒んだのだろう。歳《とし》を経てから、そのように推測した。

「ひと月、ですか……そのあいだの扶持は……」

「むろん、削られるであろうな……事によると、ひと月が一生になることも……」

「お役御免ということですか！」

母の切羽詰まった声が、冷気でかじかんだ耳に刺さるようだった。それ以上耐えられず、急いで寝間に戻った。お役御免がいかに深刻な事態か、子供ながらに理解していた。侍としての仕事を失い、浪人者になるということだ。

となりの布団《ふとん》には、六歳の弟がくうくうと寝息を立てていた。温《ぬく》もりを求めて、弟の布団に潜り込み、小さなからだにしがみついた。

「一之介、干瓢を包んでおきましたからね。忘れずに、騎山のお家に届けるのですよ」

翌日、母は何事もなかったように明るい顔で、干瓢を息子に託した。昨夜のことは夢だったのか、そうであってほしいと願ったが、父の在宅が何よりの証《あか》しだ。

「父上……今日は勤番では？」

「うん？　ああ、急に非番になってな。このところ忙しかった故《ゆえ》、しばらくはゆるりとせよと、組頭さまから休みをいただいた。一之介や友之介とも、ゆっくり遊べるぞ。

どうだ、釣りにでも行くか？」

うわあい、と弟は喜んだが、騎市のところに行くからと断った。風呂敷を抱えて家を出たが、まるで水で戻したかのように、干瓢はじっとりと重かった。

右足と左足を交互に出しながら、お役御免と浪人の二言が、くり返し浮かぶ。騎山家に着く頃には、精も根も尽きていた。

「ぶっちゃん、どうしたの？　何かあった？」

「きいちゃん……父上が、父上があ……」

察しの良い騎市は、すぐに異変に気づき、武一は泣きながら事の仔細《しさい》を明かした。

懸命になだめ、武一がひとまず泣きやむと、騎市はしばし考え込んだ。優しい面立ちで日頃は穏やかなのに、時折こんなふうに怜悧《れいり》な一面を見せる。

「そういえば、ひとつ腑に落ちないことがあるんだ」と、武一が思い出す。「父上のいる六番組の組頭は中村《なかむら》さまなのに、昨日きいたのは違う名だった」

名までは覚えていないが、中村ではなかったことは確かだ。

「それなら組違いの上役が、番士の差配に口を出したことになる。たぶん、十一人いる組頭の中で、力をもっている者の仕業だ。もしもひとりの勝手で通したとしたら、許されないよ！」

話が難し過ぎてついていけなかったが、小さな拳《こぶし》を握りしめ、我が事のように怒る騎市が、頼もしくてならなかった。

「大丈夫だよ、ぶっちゃん。組頭は、お役御免を計らう立場にないんだ。お役差し止めですら、もっと上の許しが要るはず。御用人たる父上の耳にも、入っていてしかるべきだ」

当時、騎市の父の騎山家当主は、用人の役目にあった。

城から父が戻ったら、さっそくたずねてみると、騎市は力強く請け合った。

父の俵兵衛は、それからわずか二日後に、差し止めを解かれ元の役目に復した。道場で会った騎市に、大喜びで報告したのは言うまでもない。

「きいちゃんが、御用人さまに頼んでくれたんだね？　ありがとう！　ありがとう、きいちゃん！」

「頼んだわけじゃないよ、父上にきいてみただけ。横紙破りをしたら、ぶっちゃんの父上に意地悪をした組頭と、同じになってしまうもの。上に立つ者は、範を示さねばならないし、下を苛《さいな》むなんてもってのほかだ。大人のくせに、どうしてわからないんだろう」

親友の助けになろうとの心意気もあろうが、騎市の根底には、威を笠《かさ》に着て無体《むたい》を通す者への、強い嫌悪《けんお》と憤《いきどお》りがあった。当時は小難しいことはわからず、武一はひたすら騎市に感謝を告げた。

「ぶっちゃん、このことは内緒だよ。ぶっちゃんの父上にも、言わないでおくれね」

「わかった！　約束する。決して誰にも明かさない」

武一は約束を守ったが、俵兵衛は察していたのかもしれない。十日ほどが経った非番の日、父は長男だけを誘って釣りに出た。

「なあ、一之介。おまえ、騎山の坊ちゃんに、何か頼み事をしなかったか？」

俵兵衛は、釣り糸を垂らした水面《みなも》をながめている。その横顔を盗み見ながら、何も、とこたえた。そうか、と父の相槌《あいづち》が返り、それだけだった。

父はそれ以上、何も語らず、武一も黙って竿《さお》を握っていた。

静かな親子に倣《なら》うように、魚は気配すら見せなかった。


「どうなさいました、兄上。いつになく、しょぼくれて」

この屋の当主に挨拶を済ませ、兄弟水入らずになると、友之介は心配そうに兄を覗《のぞ》き込んだ。如才のなさは父譲りだが、幸いにも父に似ず人が好《よ》い。

「いや、何でもない。それより、友之介はどうだ？　相馬のお身内とは、うまくやっておるのか？」

「はい、おかげさまで。未《いま》だ慣れぬことも多く戸惑うこともありますが」

「他所《よそ》さまの家で暮すのだ、何かと気苦労も多かろう」

「それでも、父上も母上も気遣うてくださいますし。佳名が嫁いでから、ふたりでゆっくりと覚えていけばよいと申されて」

　生まれ育った家を離れ、他人に囲まれて過ごすのだ。どんなに気遣いを受けようと、さぞかし気の休まらない思いもするだろう。にこにこと語る弟がひどく健気《けなげ》に映り、先ほど母の前でごねたことが、急に恥ずかしく思えてきた。

「気晴らしがしたくば、いつでも訪ねてこいよ。おまえがおれの弟であることは、変わりないからな。困った折には、いつでも頼ってくれて構わぬぞ」

　友之介は、素直にうなずいたが、思い出したように兄に告げた。

「そういえば、兄上にも縁談が参ったそうにございますね」

「縁談だと？　きいておらんぞ」

「まことですか？　先月、訪ねてきたお代が、そんな話をしておりましたが」

「縁談とは、どこの誰と？」

「いや、私にきかれても……それにしても、どうして兄上に話が通じておらぬのか。

もしや、話が立ち消えになったのでしょうか？」

「どちらでもよいわ。いまは嫁取りなぞ、する気にもならぬからな」

立ち消えか、あるいは鬱陶しいほど消沈した息子に話す機会がなかったか、そのどちらかだろう。どのみち、いまの武一の胸中は、ひとりの女子《おなご》でいっぱいになっている。

しかしいまは、その姿を思い描くたびに、影のように背後に男が浮かぶ。

騎山市之助──武一にとって竹馬《ちくば》の友の騎市だ。

千野《せんの》理世は、いずれは母の登世に倣い、箱根の女改めを継がねばならぬ身だ。理世への思いを親友に打ち明けたとき、何故《なぜ》だか騎市は止め立てした。

『武一、やめておけ』

友らしくない切り口上だった。その理由が、後になってわかった。箱根宿の外れで、騎市と理世の密会を目撃したのだ。会話の中身までは届かぬまでも、ただならぬようすで、何よりも理世は泣いていた──。

小田原藩内の名家たる騎山家と、足軽身分の千野家では釣り合いがとれず、理世もまた女子とはいえ家の跡取りだ。身分違いの上に、騎市もまた縁談が進んでいるときいた。それらを考え合わせると、話の内容にも察しがつく。

「兄上、どうしました。何か心配事でも？」

ふたりの姿を見て以来、ともすれば同じ考えに埋没する。武一が陸のナマコと化しているのもそれ故だ。

「よければ、話してくださりませ。先ほど兄上も、申していたではありませんか。家は違《たご》うても、我らは兄弟なのですから」

家の中で、もっとも気兼ねの要らないのはこの弟だ。なのに関所の勤番から戻ってみると、友之介の姿がなかった。相馬の家に入ることも承知してはいたが、いざいなくなってみると単純に寂しかった。騎市と理世のことで、ぺしゃんこにひしゃげていたからなおさらだ。話してみようかと、そんな気になった。

とはいえ、兄であり当主たる体裁は繕わねばならない。

「あくまで、おれの知り合いの悶着《もんちゃく》なのだが……」と、切り出した。

誰とは明かさず、騎市と理世、そして武一の間柄をかいつまんで語った。

「つまりは、相思相愛の男女に、横恋慕《よこれんぼ》しておると」

あっけらかんと告げられて、思いの外《ほか》ずきりと胸にくる。

「その言い草はあるまい。ふたりの仲を微塵《みじん》も知らなんだのだから……それに、どのみちふたりは身分に阻《はば》まれて、添い遂げようもないしな」

「男の側が物持ちであれば、妾《めかけ》も悪くはありますまい。好いた男となればなおさらです」

「いや、女子の方も、家を継がねばならぬ身でな」

「さようですか……」と、ちょっと驚いた顔をする。

「ちなみに友之介、おまえならどうする？」

「諦《あきら》めまする。ふたりが抜き差しならぬ間柄では、致し方ありますまい」

あっさりと応《こた》えられ、弟の性質を思い出した。きかん気の強い兄と違って、素直で率《そつ》がない。我を通すより、他人との和を重んじる。

「諦めて、その後は？　その友と、先々も親しうつき合うてゆけるのか？」

口にしながら、すでに解を得ていた。友之介ならできるが、武一には無理だ。

心の内の波風を表に出すことなく、何食わぬ顔で通す。むしろ武士にはあたりまえで礼儀作法の範疇《はんちゅう》だが、役目ならまだしも外面《そとづら》だけで友を演じるなら、嘘《うそ》をつき続けるのと同じことだ。武一には、気持ちが悪くて仕方ない。

「兄上がこだわっておるのは、そのご友人のことでしたか」

「……そうかもしれぬ」

「裏切られたと憎んでしまえばよほど楽なのに、それができない。長年培《つちか》った間柄を、その年月を、捨て去るのはあまりに惜しい……違いますか？」

「たぶん、おまえの言うとおりなのだろうな……あくまで、知人の話だが」

断りを入れながら、長いため息とともに両の肩が落ちる。わかりやすい兄の胸中など、友之介にはお見通しなのかもしれない。なだめるように切り出した。

「兄上のやり方を、通せばよろしいのでは？」

「おれのやり方だと？」

「当たって砕けろが、兄上の得手《えて》でありましょう？」

「砕けては、元も子もなかろう」

「兄上なら、大丈夫ですよ。一度や二度、砕けたところでものともしない。たくましいお方ですから」

「あまり褒められておる気がせんのだが……」

「褒めておりますよ。父上も、同じように申されておりました」

「父上が？」

「本当に強いのは、負けない者ではなく、何度でも立ち上がることのできる者だと。いつだったか、父上がそのように」

自尊を旨《むね》とするだけに、武士は案外脆《もろ》いものだ。多少めげても、ぽっきりと折れることのない図太さは、たしかに数少ない武一の取り柄かもしれない。

「そうだな。ナマコでいるのもそろそろ飽いてきたし、この辺で一度当たってくるか」

弟に見送られ、相馬家を辞した。摑《つか》んだ干瓢の風呂敷包みは、いくぶん軽くなっていた。


騎山家の屋敷は、小田原城の南側にある。

本丸の三方を囲むようにして侍屋敷が立ち並ぶが、堀の内側に屋敷を構える家は、ごく限られている。騎山家はそのひとつだった。

江戸住まいの騎市だが、そろそろ小田原に戻る頃合だ。戻ったにせよ、昼のいま時分は城中かもしれない。屋敷にいて欲しいような欲しくないような、複雑な思いのまま、騎山家の長屋門に辿《たど》り着く。脇《わき》の潜戸《くぐりど》を叩《たた》くより早く、内側から扉が開いた。

内から出てきた立派な身なりの侍が、武一の姿を認めるなり、お、と声をあげた。

「武一ではないか。久方ぶりだの」

「これは、御年寄さま。ご無沙汰《ぶさた》いたしておりまする」

騎市の父、騎山家当主の仁右衛門《じんえもん》だった。家老の次席にあたる、年寄役を務めている。

出仕には遅い刻限だから、どこぞに他出するところなのだろう。

「騎市……いえ、市之助殿はお戻りですか？」

「あいにくと、まだ江戸におる。せっかく訪ねてくれたのに、すまなんだ」

「さようですか……」

「このところ、小田原にはたびたび帰ってくるのだが……何をしておるのやら、どうも落ち着かぬ。日中は、家にもほとんどおらぬわ」

「御年寄さまの、御用の向きではないのですか？」

てっきり父親や騎山家の関わり事かと考えていたが、仁右衛門は苦い顔で首を横にふる。

「江戸におわす殿より、御用を賜ったのでしょうか？」

「市之助も、さように申しておるのだが……」

と、何事か気掛かりなようすを見せる。ふと、思い出したようにたずねた。

「ときに武一、『瓦州《がしゅう》塾』を知っておるか？」

「いえ、あいにく」

「その塾長であった、巴田木米《ともえだもくべい》は？」

「いいえ、初めてきく名です」

そうこたえながらも、かすかに耳に覚えがある。どこでだったろう、と記憶を辿ったが、

「いや、たいした話ではない、忘れてくれ」

仁右衛門は、自ら話を打ち切った。

「おそらく、冬至までには帰ってこよう。足労をかけるが、また訪ねてやってくれ」

冬至は五日後だった。はい、と応じて仁右衛門と別れた。

門番の者に干瓢を託すと、後はやることがない。屋敷からほど近い、東海道に面した町屋をぶらぶらと歩いた。夕刻が近づけば、旅籠《はたご》の女たちの客引きの声でにわかに騒がしくなるが、昼を過ぎたいま時分は、小田原宿ものんびりとした風情《ふぜい》だ。

通りの店々を覗きながら、先ほどの仁右衛門の台詞を思い返していた。

「瓦州塾……瓦州塾……たしかにどこかできいた筈《はず》なのだが……」

『おたふく』という団子屋の前を過ぎながら、店の外に一脚だけ据えられた粗末な床《しょう》几《ぎ》が目に入った。

「そうか！　加賀百万石と、瓦だ」

おたふくには、道場の帰りによく通った。武一は胡麻《ごま》餡《あん》、騎市は砂糖醤油《じょうゆ》のみたら

し団子が好物で、あの床几に腰かけて団子を頬張った。

　たしか、十三の歳だ。これまでの手習所を卒業したと、騎市からきかされた。道場は一緒でも、学《まな》び舎《や》は別だ。騎市が通っていたのは、上士の子息が多く通う手習所だった。

「よかったじゃないか、手習いと縁が切れて。おれなんて、あと一年はかかりそうだ」

　学問嫌いの武一には朗報と思えたが、騎市はひどく残念そうな顔をする。

「この世の中には、知らないことがたくさんある。もっともっと、色々なことを教わりたいのに……」

「知って、どうするんだ？　騎市は、何がしたいんだ？」

　何気ない問いに、ひどくびっくりした顔をされた。

「わからない……わからないけど、いまのままじゃ駄目だって、そんな気がするんだ」

「駄目って、何が？」

　やはり、わからないと返された。いま思えば、藩の要職を歴任する家に生まれた騎市には、家中の現状や矛盾が、子供ながらに見えていたのかもしれない。

武一には理解しがたいものであったが、友人の望みにケチをつけるつもりはない。

「だったら、学問を続ければいいじゃないか。大人が通う手習所もあるんだろ？」

「うん！　実はね、もう探したんだ。手習所じゃなく、学問所とか塾とか呼ぶんだけど」

　ぱっと騎市の表情が明るくなって、本当に嬉《うれ》しそうな顔をした。

　瓦州塾の名をきいたのは、そのときだ。

「加州なら知ってるぞ。加賀百万石のことだろ？」

「加州じゃなく瓦州だよ。瓦の州と書いて瓦州。一年前に、山角《やまかく》町にできた塾なんだ」

　州は国の意だから、瓦の国といったところか。この名には深い意味があるのだと、塾長の存念を騎市は説いた。

「瓦はね、一枚きりじゃ用を成さないだろ？　何百、何千と連なって屋根を覆《おお》うから雨風を凌げる。ご家中や町や国も、やっぱり同じなんだ」

　ふうん、と話の中身はたいして入ってはこなかったものの、常には静かな風情の騎市が、こうまで熱く語るのは初めてで、そのきらきらとした瞳《ひとみ》に見入っていた。

「先生は、まだ二十二歳でね」

「ずいぶんと、若いんだな」

「若くとも、さまざまな学問を修めておられて、何をたずねても的確《てっかく》な答えをくださるんだ」

たぶんその折に、塾長の名も告げられたはずだが、その後はずっと、「先生」として騎市の話に登場したために、巴田木米の名は失念していた。

騎市はそれからまもなく瓦州塾に通いはじめ、武一にも道場の帰り道などにあれこれと塾のようすを語ってくれたが、いつのまにか、あまり話題にしなくなった。武一が聞き手として物足りなかったか、あるいは別の理由があるのか定かではない。

「そういえば、たしか理世殿の伴侶《はんりょ》も、私塾を営んでおったと……いや、まさかな」

頭に浮かんだ奇妙な符合を、急いでふり払う。それでも、瓦州塾とやらに行ってみようかと、にわかに興がわいた。

山角町は、小田原宿の西の端にあたる。いま来た道を逆に辿ることになるのだが、どうせ非番で暇な身だ。鳥居の前で向きを変えた。

箱根に向かうときと同じ道を行き、板橋口に至る手前で足を止めた。たぶんこの辺りが山角町の筈だが、あまり馴染みがない。

「この辺りに、瓦州塾という学問所があるはずなのだが知らないか？」

付近の店の者に二、三たずねてみたが、捗々《はかばか》しい返事は得られない。おまけに、どうもようすがおかしい。塾の名をきいたとたん、眉《まゆ》をひそめ口をつぐむ。知らないわけではなく、関わりを避けているのか。そんな気配がある。

「何だ、瓦州塾はよほどの忌詞《いみことば》なのか？」

往来に突っ立って途方に暮れていると、傍の旅籠から手代が出てきた。筋骨たくましい大柄な男で、顔も相応に強面《こわもて》だ。手代よりやくざが似合いそうな見てくれだが、こちらと目が合うなり、たちまち嬉しそうに声をあげた。

「武一じゃねえか！　いやあ、久しぶりだな」

「おお、伊那次《いなじ》か！　こんなところで会えるとは思わなんだ」

「いや、ここ、うちの旅籠だぜ。会えるに決まってらあな」

角ばった面長の顔を崩し、『茗荷屋《みょうがや》』と書かれた看板を示す。

伊那次は、同じ多木川道場に通っていた道場仲間だった。

多木川道場では、武士に交じって町人や百姓の門人も剣術指南を受けていた。歳は伊那次の方が三つ四つ上であり、体格にも恵まれている。子供のうちはどうしても伊那次に勝てず、たいそう悔しい思いをした。ようやく一矢《いっし》報いることができたのは、二十歳前の頃だった。

「やれやれ、負けちまったか。やっぱりお侍には敵《かな》わねえなあ」

「たった一度では、まだまだ。散々負けを重ねたのだから、これから借りを返さねば」

「おれも武一とは存分にやり合いてえところだが、あいにくと、そうもいかなくてな」

　嫁取りを機に、旅籠稼業《かぎょう》に本腰を入れねばならない。道場を辞めざるを得ないと残念そうに告げた。道場の内では、年齢も身分の上下も問わず、互いに呼び捨てにするのが慣習だった。当時の昔話を語りながら、伊那次がにやにやする。

「そういや、道場の外では身分があるんだったな。武一さまとでも呼ぶべきかい？」

「やめてくれ、気色が悪うて敵わぬわ」

　わざとらしく腕をかくと、がはは、と伊那次が笑う。

「騎市にも、同じように言われたわ。騎市はこの先の塾に、しばらく通っていたからな。ここいらでよく出くわした」

「塾とはもしや、瓦州塾か？」

「ああ、そうだ。その先の路地の奥に、塾があったからな」

「なんだ、最初から伊那次にきけば、よけいな手間をかけずに済んだものを。この辺りで人にたずねても、思わしい返しが得られぬ。途方に暮れておったのよ」

「ああ、なるほど、その格好ではな……たぶん御上の側の役人だと思われたんだろうよ」

二本差しに袴《はかま》姿を、じろじろとながめる。それから小さなため息をついた。

「瓦州塾なら、もうないぜ」

「ない、とは……塾を閉めたということか？」

「平たく言やあそうなるが……閉めさせられたっていう方が正しいな」

「どういうことだ、伊那次？　詳しくきかせてくれぬか」

「構わねえが、ちょいと長くなるからな。場所を変えよう」

伊那次は旅籠の内に声をかけ、武一を連れて近所の茶店に入った。旅の者らしい客がひと組いるだけで、茶店はすいていた。通りに面した床几に腰かけ、伊那次が慣れた口調で茶と団子を頼む。運ばれてきた団子は白餡と小豆餡のふた色で、胡麻餡はないのだと思いつつ、武一は串《くし》を手にとった。

「瓦州塾ができたのは、たしかおれが十四、五の頃だから、十七、八年前になるか」

武一の求めに応じて、伊那次は初手から話してくれた。

「師匠は、巴田木米か？」

「ああ、そうだ。当時は二十歳で、えらく若い先生だったけど、とにかく物知りでな」

「伊那次も塾に出入りしておったのか？」

「とんでもねえ。おれは手習いはからきしで、学問ときくだけでじんましんが出そうになる。そういや、武一も同じだったな」

「よけいな世話だ」

ちらと睨《にら》み、白餡の団子を頬張る。学問とは縁遠くとも、いわば近所であったために、巴田木米とは道で会えば挨拶を交わす仲だったという。

「塾長は、どのような人物だ？」

「いいお方だったよ。侍にしては当たりもやわらかく、おれたち町人にも気さくに接してくれた。この辺りの者は、誰もが馴染んでいてな」

「巴田木米は、武家であったのか」

「といっても、身分は足軽だそうだがな」

足軽ときいただけで、胸がざわついた。さっき抱いた理世との繋《つな》がりが、色濃くなってゆく。

「何よりも知恵の広さ豊かさが、並大抵ではないと評判になっていた。何でもそれぞれの弟子に、各々《おのおの》が求める学問を授けていたそうだ。たった二十歳の若造がだぜ？」

いわゆる神童と呼ばれる類《たぐい》の、才をもって生まれたのだろう。十二の歳から八年のあいだ、江戸でさまざまな学問を得て、二十歳で小田原に戻り瓦州塾を開いた。騎市が入塾したのは、その二年後だ。ちょうどそのころから、武家や町人を問わず弟子がどんどん増えてきて、木米は公私ともに順風満帆なようすだった。

「そっから三、四年経って、嫁さんももらってな」

「その嫁とは？　どこの誰だ？」

噛《か》みつくような勢いでたずねると、伊那次が初めて怪訝《けげん》をあらわにした。

「どうして、そんなことをきく？」

「……いや、単に興が乗っただけで」

「嘘つけ！　てめえの嘘は昔っからわかりやすいんだよ。……もしや、未だにかみさんに難癖をつけるつもりではなかろうな？」

「難癖だと？　どういうことだ。瓦州塾に何があった？」

身を乗り出す武一に、口許《くちもと》を曲げて渋る風情を見せる。

「おまえも一応はお役人だしな……」

「頼む、伊那次、話してくれ！」

武一の人となりは、伊那次も承知している。懇願に負けて口を開いた。

「……お上にな、目をつけられたんだ」

お上とは、小田原では藩主大久保家をさす。瓦州塾には、身分を問わず若者ばかりが大勢集まっていた。それだけでも目に留まる上に、教えていた蘭学《らんがく》が不興を買った。決して蘭学専門の塾ではなく、儒学でも国学でも乞《こ》われれば講義を行ったそうだが、若い弟子たちが何より興味を示すのは、蘭学として括《くく》られる、海の向こうの諸外国のありようだった。

「たびたび町奉行所の同心が押しかけてくるようになって、あれも駄目これも駄目と茶々を入れる。何度か先生が、番屋にしょっ引かれたこともあってな。殴る蹴《け》るされたのか、戻ってきたときにはえらく顔が腫《は》れていた。可哀想《かわいそう》で、見ちゃいられなかった」

「さような悶着があったとは、何も知らなんだ……」

あたりまえのような顔をして、同心が頻々訪ねてきては、塾に通う弟子に名や住まいを質《ただ》す。お上や町奉行所に睨まれたくないのは、誰もが同じだ。一、二年のあいだに弟子の数は急速に減り、わずかな数になっていた。

「残った弟子のひとりが、騎市だ。親父《おやじ》殿には止められたらしいがな」

藩は巴田木米を、不穏分子と位置づけた。そんな男と関わりをもつのは、騎山家にとって百害あって一利なしだ。仁右衛門は決して性悪な人物ではないが、日和見《ひよりみ》で事なかれ的なところがある。もっとも父に限ったことではなく、藩の重臣たちはどれも似たようなものだ――騎市が苦々しく呟《つぶや》いていたのを、武一は思い出した。

「それでもな、ああまでしつこく絡《から》まれちゃあたまらない。とうとう先生は塾の看板を下ろして、江戸に行っちまったよ」

「それは、いつのことだ？」

「去年の正月だから……もうすぐ二年になるか」

疑いが、確信に変わった。理世が離縁した時期と、ぴたりと重なる。

「あんときのご妻女の姿が、目に焼きついていてな……ひときわ寒い雪の日だった」

木米が塾を閉めたときいて、伊那次はようすを見にいった。そのとき偶然、木米と妻のやりとりを目にしたという。

『おまえとは離縁したのだ。金輪際、わしとは関わるな』

木米はそう言うなり、妻女の目の前で戸を閉めた。妻が崩れるように膝《ひざ》をつき、嗚《お》咽《えつ》が長く後を引いた。

「気丈なかみさんでよ、同心に無礼を働かれようと旦那《だんな》がお縄になろうと、弱気なぞついぞ見せなかった。そんなお人が雪の中にいつまでもうずくまっているのが、どうにも哀れでよ……」

ぐしっと洟《はな》をすすった。こう見えて、伊那次は案外涙もろい。

「あんなに仲のいい夫婦だったのに、理世さまがお可哀想でな……」

「妻女の名は、やはり理世か……」

「何だ、武一は知っていたのか」

「千野理世殿なら、存じておる」

妻女の旧姓までは知らないと、伊那次は首をかしげる。

「おれが知っているのは、家は同じ足軽身分で、箱根宿から嫁に来たってことくらいだ」

「それなら……間違いはあるまい」

理世の夫は、巴田木米だったのだ——。

同時に、喉《のど》に引っかかっていた苦い丸薬が、胃の腑に収まったような気がした。ずっと頭に張りついて、武一を苦しめ続けてきた一場面が、くるりと転じたのだ。

騎市が未だに木米を慕っているのなら、その元妻と理《わり》ない仲になるとは考えづらい。

むしろ、未だにふたりの橋渡しを――もとい、理世に頼まれて木米の近況を伝えていたのではあるまいか？

あのとき、理世は泣いていた。あの涙が、元夫のためのものだとしたら――。

「伊那次、礼を言う。今日おまえに会えて、本当に良かった！」

「何でえ、藪《やぶ》から棒に」

「用を思い出した故、これにて。近いうちに、騎市も誘って呑《の》みにいこう。きっとだぞ」

ぽかんとする旧友を尻目《しりめ》に、早足で来た道をまた戻った。

一刻も早く、確証が欲しかった。騎市が戻るまで、とても待てそうになく、かと言って、箱根宿にいる理世に質すのはあまりに不躾《ぶしつけ》だ。しかし打ってつけの人物がいる。

何を考える間もなく、足は勝手に門を潜り城へと急ぐ。

向かった先は、目付役の控えの間だった。

「よかった、望月さま。今日は非番ではなかったのですね」

満面に喜色を浮かべる武一に、相手は気味悪そうな顔をする。

「いったい何事か、騒々しい」

武一が訪ねたのは、御目付役の望月嘉門だった。遣手《やりて》が多いとされる十人目付の中でも切れ者と噂《うわさ》され、氷目付の二つ名がある。その名のとおり外見も言動も鋭いが、一方で存外情け深いところもある。のべ三月《みつき》、箱根の山で共に暮らした武一は、そう判じていた。

「ぜひ、望月さまに、ご相談したい儀がございまして」

「相談だと？」

「はい、関所のお役目について未だわからぬことが多く、ぜひ望月さまにご指南願えまいかと」

嘘をついたのは、周囲をはばかってのことだ。仮にも目付部屋。ここに集められた報は、直ちに重臣たちに届く。役目の相談なら、関所勤番の上役たる杉田久作の方がうってつけだ。別の話だと、相手を見る目に力を込めた。勘のいい望月は察したようだ。

「半時《はんとき》ほど、待っておれ」

あと半時で下城の刻限だと告げられて、夕刻が近いことに初めて気づいた。昼の一時前には家を出たはずだが、相馬家、騎山家、山角町とまわるうちに日が傾いていた。

望月には東の堀端で待つよう促されたが、昼餉《ひるげ》を食べ損ねていたことを思い出し、いったん城下に出て蕎麦《そば》をたぐり、急いで戻った。

望月が指示したのは、東の堀の起点にあたる場所だ。二の丸とは反対の方角になり、人気《ひとけ》もない。初夏には白や紫の花々で彩《いろど》られるが、いまは周囲の木々も葉を落とし、寒々しい景色だった。

『ぶっちゃん、帰りにお城の東堀に行ってみようよ。菖蒲《しょうぶ》がとってもきれいなんだって』

騎市に誘われて、菖蒲を見にきた。遠い昔の幼い顔を思い出すと、泣きそうになった。

ぱんぱん、と己の頬を叩き、気合を入れる。とはいえ、じっとしているのは苦手な性分だ。

蟻《あり》のように堀端をうろうろしていると、やがて望月が現れた。

「遠くからながめていたが、おまえはまことに落ち着きがないな」

到着するなり小言を食らった。無駄が嫌いなこの男らしく、相談の趣旨をまず促す。

「瓦州塾です。望月さまは、騎市と同じ学問所にいたと伺いました。あれは、瓦州塾のことではありませんか？」

「……そのとおりだ」

こたえた望月の目が、用心深く細められた。

「望月さまは、いつまで通っておられたのですか？」

「そんなことをきいてどうする？　いや、何故《なにゆえ》おまえが瓦州塾についてほじくりまわす？」

非難というより疑念が、氷にたとえられる目付の瞳に浮いていた。

「それがしが確かめたいことは、ひとつだけ……いえ、ふたつあります。そのふたつだけ教えていただけぬかと」

「申してみよ」

「瓦州塾の師匠は、巴田木米殿と伺いました。いま箱根におる千野理世殿は、木米殿のご妻女だったのですか？」

切っ先を削《そ》がれたように、一瞬、間抜けな表情をする。それでも用心を解かぬようすで、いかにも、と短く応じた。

「先生が瓦州塾を閉め、江戸に立った折に離縁されたが、十年近いあいだ夫婦であった」

十年ときいたとたん、年月の重さが急にのしかかった。

「では、望月さまと理世殿も、旧知の間柄であったはず。関所では、そのような風情は微塵もありませなんだが」

「理世殿が人見女を継がれるときいて、前もって挨拶《あいさつ》に出向いた。その折に相談してな。互いに初見のふりをした方が、役目がやりやすかろうと……これは登世殿の仰《おお》せであった」

望月は立場上、関所では登世や理世の名を呼び捨てにしている。いまの望月の口ぶりからは、師たる巴田木米への深い敬愛が感じられた。

理世は十八の歳に巴田に嫁いだ。木米とは八つ違いになるが、睦《むつ》まじい夫婦であったという。伊那次からきいたとおり、瓦州塾は数々の困難に見舞われたが、理世は決して愚痴も不平も漏らさなかった。夫の理想や信念を、誰よりも理解していたからだ。

「閉塾に至った折も、共に江戸についていきたいと何べんも乞うておられた。それでも先生は、頑として拒まれてな……ご妻女や千野家に、累《るい》がおよぶのを恐れたからだ」

「累、とは？」

何気ない問いであったが、薄い口許がきゅっと結ばれて、望月が悔しそうに拳を握る。

「あれは、脅しだ……どんなに痛めつけられても、先生は塾の看板だけは下ろそうとしなかった。小田原から立ち退《の》かねば、先生の生家たる巴田家や千野家、果ては弟子たる我らの家にまで禍《わざわい》がおよぶと、そう脅されたのだ」

「お家は何故そこまで、瓦州塾を疎《うと》まれたのだろうか？」

「領国と日《ひ》の本《もと》の国を、憂《うれ》いたからだ」

憂国という言葉が盛んに叫ばれるのは、ずっと先のことだ。

「憂うとは案じることでござろう。国を案じて、何がいけないのですか？」

「そのふたつは同義だが、少し違う。憂うとはすなわち、いまの在りように難をつけるに等しいからだ」

「つまりは大久保家に、異を唱えたと？」

「お家の非難など、ひと言もしてはおらぬ。ただ、ものを見る目を養うていただけだ」

「それが、蘭学ですか」

「蘭学もあくまで、ひとつの手段に過ぎぬ。我らは、ことに家臣たるわしや騎市は、小田原やお家を守りたかっただけなのだ。それは先生も同じだった。お家が長きにわたり窮しておることは、おまえも知っておろう」

武一が素直にうなずく。いまやどこの大名も同じ有様なだけに、ある意味あたりまえだと思っていた。しかし領主の困窮は、領民に反映する。蓄えや余裕がなければ、不作や凶作で泣き目を見るのは領民なのだ。頭を使うのは苦手なだけに、だいぶこんがらがってきたが、氷と評される目付のいつにない熱弁に、懸命についていく。

「貧より抜け出すためには、外国だろうが民草《たみくさ》だろうが、良き知恵をとり入れて新しき策を講じねばならない。だが、それをよしとせぬ者もおる。ことにお家を預かる上士たちに限って、古い考えに固執する」

旧態とはいわば、彼ら自身が培ってきたやり方だ。覆《くつがえ》されては立つ瀬がなく、新規なものには失敗がつきものだ。武士は失敗を極度に恐れる。何もせず動かぬことこそが、いまある盤石な地位を守る唯一《ゆいいつ》の方法なのだ。

「おまえは、どうなのだ、武一？」

え、と思わず望月を見返した。何もこたえられぬ自分が、歯がゆかった。

騎市が瓦州塾の話をしなくなったのは、きっとそのためだ。塾への災難という楽しくない話題を避けたためもあろうが、あまりに能天気な武一が相手では、聞き手としては馬にも劣る。しばし悄然《しょうぜん》と立ち尽くしたが、ふと思いついて顔を上げた。

「殿は、どうなのでしょうか？」

「何だと？」

「殿のお考えも、ご家老らと同じなのですか？」

望月が目を見張り、武一をまじまじと見つめる。

「もしもさようであれば、殿にお味方いたしまする。おれは考えなしの馬鹿者《ばかもの》ですが、武士の本分だけは心得ておりまする。殿に誠心誠意お仕えし、忠義を尽くす。おれにできるのは、それだけです」

「そうか……それならおまえも、こちら側だな」

口許に薄い笑みを刻む。きょとんとする武一に、他言無用だと含めて告げた。

「忠真公もまた、巴田先生の弟子のおひとりなのだ」

えっ、と思わず声に出た。まさか、といぶかる武一に、本当だと重ねる。忠真はすでに五十一歳。身分はもちろん年齢も、十五ほども離れている。それでも藩主が木米を認めて教えを乞うたのは事実だという。

「おまえは殿を見くびっておる。二宮金次郎という名は知っておるか？」

「名は覚えておりまする。ご家老の服部《はっとり》さまの借財を五年で片づけ、それでいて礼は一切受け取らなんだと。勘定に秀《ひい》でていながら徳が高いと、父が褒めておりました」

十五、六年も前の話だが、俵兵衛がたいそう感心し息子たちに説いたために、記憶に留めている。

「殿は二宮を召し抱え、小田原の領を任せるおつもりであった。しかし重臣たちが承知しなかった。身分の軽き者を重い役目に据えるは、道理が立たぬと申してな」

仕方なく忠真は、下野国《しもつけのくに》桜町《さくらまち》領に二宮を遣わした。桜町は小田原藩の飛び地であり、荒廃を極めたその地で結果を出せば、頑固な家中を納得させられると考えてのことだ。いまも二宮は、当地で奮闘しているという。

身分にこだわらず登用する忠真の手際《てぎわ》は、騎市からきいているだけに、しごく納得がいった。

忠真が巴田木米と初めて会ったのは、二宮が服部家の負債を完済させ、その名を領内に知らしめた頃だという。城下に優れた学者がいるときいて、忠真が城に呼び寄せたのだ。

「殿は国許に戻られるたびに、先生をお召になられた。国の在り方や領主の心得、小田原の行く末について、先生の知恵や考えを求められた」

だが、と望月の顔が曇った。悔しそうに薄い唇を引き結ぶ。

「瓦州塾が疎まれたのは、それ故だ。殿の覚えが目出度《めでた》く、熱心に教えを乞うたがために、危ういと判じられ、一部の重臣どもが遠ざけんと必死になった」

「殿は庇《かば》うてくださらなかったのですか？」

「むろん、心を尽くしてくださった。しかし国許を離れていては、如何《いかん》ともしがたい」

「殿がおらぬ隙《すき》に、というわけですか……」

「ことさらに蘭学をあげつらい町奉行所を差し向けたのも、家中の命ではなく、あくまで町方の取り締まりだとの建前を貫くためよ」

騎市や望月の、延《ひ》いては木米や理世の無念が、いまさらながらに察せられる。望月は冷静さをとり戻すように、腹に溜《た》まった怒りを長いため息にして吐く。そしてたずねた。

「ときに、おまえが急に瓦州塾に関心を寄せたのは何故か？」

ふいに矛先を向けられて、にわかに戸惑う。

「先刻、騎山家を訪ねた折に、御年寄さまよりその名を伺いまして」

「なるほど……」

二年前に片がついた瓦州塾を、どうして仁右衛門は今になってもち出したのか？そればかりは、どうも腑《ふ》に落ちない。

「もしや騎市の父上も、瓦州塾に仇《あだ》をなした側なのですか？」

「いや、あのお方は、良くも悪くも世渡りに長《た》けておってな。どちらかに肩入れすることなく中庸を通される」

「たしかに騎市からも、そのように」

面倒を嫌って、自らは腰を上げようとしない。家老に昇れぬのもそれ故だと、自嘲《じちょう》ぎみにこぼしたことがある。ただ事なかれが身上なだけに、息子が先進の学者に執心することには危惧《きぐ》を抱いている。

「望月さま、騎市がこのところ落ち着かぬようすでいるのは、巴田先生のためですか？」

「そうだ」

「いったい何があったのですか？」

「まだ明かせぬ……。おまえを侮《あなど》っているわけではなく、騎市が戻るまでは事のなりゆきがはっきりせぬからだ」

巴田木米に何が起きたにせよ、武一はいわば部外者だ。それが歯がゆくてならない。

いっとき考え込んだ武一をなだめるように、望月は言葉を継いだ。

「そんな顔をするな。世の中の誰よりも信がおけると、騎山はおまえをそのように評していた」

「騎市が、おれを？」

「ああ、昔からな。わしがここまで語ったのも、その裏打ちがあってこそだ」

もやもやとわだかまっていた錆《さび》色の霧が、その瞬間に消え失《う》せた。頭に張りついていた騎市と理世の図が、まったく別の色に塗り替えられる。

「おれも……いや、それがしも、騎市を誰よりも信じておりまする」

「さようか。互いに良き友をもったな」

いつもの素っ気ない面相ながら、声音は柔らかかった。

騎市が武藤家を訪ねてきたのは、その四日後、冬至の前日だった。

「おお、騎市、戻ったか。殿は息災でおられるか？」

こだわりなく笑顔で友を迎えたが、騎市はにこりともしない。

「急ですまんが、少しつき合うてくれ」

家の者への挨拶もそこそこに、武一を外に連れ出し、ずんずんと先へ行く。この辺りは、下士の長屋ばかりが立て込んでいて、東の方角に抜けると田畑が広がる。畦道《あぜみち》に枝をさしかけた橅《ぶな》の大木に辿り着くと、騎市はようやく足を止めた。

「どうした、騎市、よほどの相談か？」

話なら、いつもの居酒屋『勝手』で済むはずが、人の耳目をはばかる必要があるのだろう。ただ事ではない雰囲気から、すでに感付いていた。

「武一、折り入って頼みがある」

「気兼ねは要らぬ。言うてみろ」

友への信頼を改めて約するように、深くうなずく。

しかし騎市の次のひと言は、武一の予想をはるかに上回っていた。

「関所を避けて、西へ抜ける道はないか？」

「何だと……？」

「役目の合間に、箱根山を歩き回っていたおまえなら知っておるはずだ。頼むから教えてくれ」

怖いほどに真剣で、瞳には殺気に近いものが浮いている。本気なのだと察した。

「騎市、それはつまり……」

「関所を破る手立てを、講じたいのだ」

頭上の橅の梢《こずえ》が、木枯らしを受けて不穏に鳴った。

関を越える者

「関所を、破るだと？　騎市、馬鹿《ばか》を申すのもたいがいにせぬか」

知らず知らずに顔が笑う。事の重大さを受け止めきれず、何とか冗談で済ませたいと、からだが尻込《しりご》みする。

「冗談でもたわ言でもない。おれは本気だ」

白い炎が燃えているような。常より薄く見える瞳《ひとみ》と、しばし対峙《たいじ》する。

道場での手合わせを思い出した。騎市とは勝ったり負けたり、ほぼ互角ながら、武一の方が戦績は上だ。ただ、この顔をした騎市には、勝ったためしがない。

実力に大差がなければ、勝負を分けるのは精神の強さだ。木刀を構え、切っ先を向け合ったときに、すでにまずいと感づいている。覚悟と冷静、何よりも必ず勝つという信念が、白い炎の中に見えているからだ。

駄目だ。今日の騎市には、勝てない――。

負けるのは、いつだって悔しい。はああっと全身で息を吐き、気を静めた。

「わけを話せ。おまえの存念を、腹を割ってすべて明かせ」

「武一、おまえなら、そう言ってくれると思っていた」

「断っておくが、力添えをするとは言うておらんぞ」

わかっている、と目許《めもと》を和ませる。それでも白い炎は消えていない。じりじりと追い詰められていくような、焦《あせ》りに似た憂《うれ》いが胸に兆《きざ》した。

「シーボルトという名を、知っておるか？」

根っこの座布団《ざぶとん》は、少々尻に冷たい。橅《ぶな》の木の根方に並んで腰を下ろすと、騎市はまずその名を出した。

「いや、まったく知らん。きいたこともない」

だろうな、と騎市が苦笑する。

「名からすると、異国の者か？」

「そうだ、長崎の出島におる商館医、つまりは蘭人《らんじん》の医者だ」

「騎市は、会うたことがあるのか？」

「いや、ない。シーボルトに会うたのは、おれの先生だ」

「瓦州塾の、巴田木米殿か？」

「ああ、先生のことは、望月嘉門殿に伺うたそうだな。いましがた、会うてきた。嘉門殿は、我らの仲間……瓦州塾に最後まで残った六人の門人のうちのひとりだ。誰よりも先生を慕い、身の上を案じておられる」

「その蘭人と、おまえの先生が、どう関わってくるのだ？」

込み入った話は、武一は得意ではない。騎市はできるだけ簡素に、事情を説いた。

シーボルトは五年前に来日し、翌年には鳴滝《なるたき》塾を開き、国中から集まった医者や学者に講義をし、医術を伝授した。

カピタンと呼ばれるオランダ商館長は、四年に一度、江戸に参府せねばならない。二年前の参府にはシーボルトも同行し、十一代将軍家斉《いえなり》に謁見《えっけん》した。江戸にはほぼひと月滞在したが、彼の知識や人柄を慕って、宿を訪ねる者たちの列は途切れることがなかった。医者や蘭学者は言うにおよばず、儒者、御典医、絵師、算術家ら数多《あまた》の知識人が詰めかけ、薩摩侯と中津侯も正式に訪問した。

一度ならず何度も足を運ぶ者も少なくなく、巴田木米もそのひとりだった。

「巴田先生は江戸に移られてから、どのような暮らしぶりであったのだ？」

「さる医者の家に身を寄せて、医術を学んでおった。先生はもとより本草《ほんぞう》学や薬種に詳しくてな、本腰を入れて薬効を学ばれた。半年前に、市《いち》ヶ谷《や》という土地で薬屋を開き、瓦州塾も、ふたたび始めるご所存であったのだが……」

「何があった？」

「シーボルトが、禁制の品を異国へもち出そうとした罪で、詮議《せんぎ》を受けたのだ。それらの品を贈った咎《とが》で、幕府天文方《てんもんかた》の高橋景保《たかはしかげやす》と、その配下の者らが捕縛された。十月十日のことだ」

「十月……」

即座に浮かんだのは、闇夜《やみよ》に佇《たたず》む騎市と、そして千野理世の姿だった。理世は泣いていて、あれはたしか十月半ばのことだ。

「騎市、もしや理世殿に……」

察しのいい騎市は、それだけで気づいたようだ。少しすまなそうな顔をする。

「おまえに見られておったとは、思わなんだ。さよう、捕縛の報を受けて、急ぎ小田原に戻り理世殿に顛末《てんまつ》を語った。実はシーボルトの一件は、それより前、九月の末には摑《つか》んでおった。長崎より江戸に、早馬が打たれてな」

いつもの居酒屋『勝手』で、騎市と最後に会ったのは、九月晦日《みそか》だった。同輩の斉藤兵六に子が生まれ、お七夜に招かれて、そのようすを語ったときのことだ。

シーボルトは今年のうちに、阿蘭陀《オランダ》に帰国する予定だった。しかし港に係留してあった船が、八月初旬の暴風雨で難破した。引き上げられた積み荷の中から、ご禁制の品々が出てきたために、シーボルトや鳴滝塾の弟子たちは長崎で軟禁され、この報は直ちに江戸に知らされた。

「おれに伝えてくだされたのは、実は忠真公だ。老中というお役目柄、いち早くシーボルトの難を知った。巴田先生と親しかったことも存じていた故《ゆえ》、累《るい》がおよぶことをご懸《け》念《ねん》なさった」

騎市はその報《しら》せをうけて、急ぎ江戸に向かい、わずか十日後に高橋景保が捕縛された。忠真の不安は杞《き》憂《ゆう》で済まないかもしれない。小田原にとんぼ返りして、理世や望月に伝えたという。

また同じ知らせは江戸藩邸を通じ、相前後して国許の重臣にも届いたはずだ。騎市の父、騎山仁右衛門が瓦州塾の名を出したのは、それ故であろう。

「縄をかけられたのは、天文方の役人であろう。巴田先生が、どう関わっておるのだ？」

「高橋殿は、地図をシーボルトに与えたがために、咎めを受けた……先生もやはり、数枚の地図を、シーボルトに請《こ》われて渡した。高橋殿と、同じ憂《う》き目に遭わぬとも限らない」

「地図、だと？　つまりは、切絵《きりえ》図《ず》であろう？　町中にも多く出回っておるというのに、何故、幕府がそうまで目くじらを立てるのだ」

「地図は、戦の要《かなめ》となる。敵の陣を崩さんとするとき、山や川、森や平地のようすがわからねば攻めようがなかろう。もしも異国がこの日《ひ》の本《もと》に戦を仕掛けんとするなら、地図は何よりの足掛かりとなる。故に幕府は、地図のもち出しを厳しく禁じておるのだ」

なるほど、と理屈ばかりは得心がいった。剣術だけは怠っておらぬものの、戦ときいてもぴんとこない。長い平安の中で、武士の本分も錆《さび》ついている。異人が海を越えて攻めてくるとは、にわかには信じがたい。しかし騎市は、本気で危惧《きぐ》を抱いているようだ。

「蘭学を学ぶたびに、思い知らされた。いかにこの国が立ち遅れておるか、肌身に感じた。そのような国々が海の向こうで覇権を争っており、属国となった国々も数多い。日の本も決して他人事《ひとごと》ではないと、教えてくださったのは巴田先生だ」

「では、なぜ、先生は戦の要となる地図を、異人に渡してしもうたのだ」

「先生が与えたのは、本草のための地図だ。どの土地に、どのような草木があるか、細かに記されてある。先生が手ずから書かれたものだが……もとになっておるのは、高橋殿から見せられた、伊能《いのう》図なのだ」

　伊能図とは、伊能忠敬《ただたか》が自身の足で全国を測量し、極めて精密に描かれた「大日本《だいにほん》沿海輿地全図《えんかいよちぜんず》」のことだ。高橋親子は二代にわたって伊能忠敬を後押しし、忠敬の死後、図を完成させたのも息子の景保である。今回、捕縛の槍玉《やりだま》に挙がったのは、この伊能図であった。

　この写しを与えた当の景保も、国禁を犯す行為だと自覚していた。しかし返礼としてシーボルトから得られる最新の世界地図や書物は、必ずこの国の役に立つ。解読し、幕府に献上せんと一途《いちず》に思い詰めた――。二年の後に下った判決文には、動機が詳《つまび》らかに記されていた。

　巴田木米もまた、同様の考えをもっていた。シーボルトは博物学者でもあり、ことに植物学に精通していた。本草に秀《ひい》でた木米とは、その方面で話が合った。木米は伊能図をもとに、日本の植生を記した絵図を所持していた。とはいえ、木米が急いで手書きで写したために、地図そのものはかなり大まかな代物《しろもの》で、伊能図とは似て非なるものだ。

　それをシーボルトに所望され、代わりに植物学の専門書や、東南アジアや欧州の地図や地誌を手に入れた。やはり私欲のためではなく、少しでも諸外国の動静を摑み、建白書にまとめて、海防や調査を促さんとする目論見《もくろみ》があった。

「先生は、江戸の文人や学者とは広くつき合いがあり、高橋殿とも親しかった。もしも幕府が差し押さえた荷の中に、その本草地図が見出《みいだ》され、先生の手によるものと知れれば、高橋殿と同じ顚末を辿《たど》るやもしれない」

高橋景保の捕縛からこの方、シーボルトの元に通っていた者たちは、次は己ではないかと誰もが慄《おのの》いているという。

「では、関を抜けんとする者は……」

「さよう、巴田先生だ。江戸を逃れ、西国へお連れしたい」

「幕府より逃《に》げ果《おお》せんとするなら、東国や北国でもよかろう」

「西国には、先生の知己《ちき》が多いのだ。頼る当てがなければ、路銀もいずれ底をつく。たとえ江戸でお尋ね者になったとしても、志を同じうする者なら力を貸してくれる。いまの幕府を快く思わぬ大名も、東国の比ではないからな」

「西国に向かうにせよ、わざわざ守りの厳しい箱根をえらぶことはなかろう。東海道ではなく中山道、あるいは遠回りになるが、越後越中から行く道もあろう」

「冬の最中《さなか》なれば雪道は難儀だ。足が鈍れば、捕まる恐れも高まる。また中山道には、碓氷《うすい》や木曾《きそ》福島に関所があり、どの街道を辿ろうと必ず関に阻《はば》まれる」

「雪なら箱根の山も同じだ。無理に山越えをするよりは、知らぬ土地の関所を使う方がましではないか？　出女でなくば、手形も楽に算段できようし、改めも厳しくはあるまい」

「いまは、な。だが、幕府より方々の関に知らせが走れば、直ちに危うくなる。危ない橋を渡らせるわけにはいかぬのだ。一刻も早く西へ逃すには、東海道が何よりだ」

「それなら堂々と、箱根の関所を通せ。追手がかかったわけではないのだろう？　関所番の内に、先生の顔を知る者がおらねば、身分を偽って罷《まか》り通ることも……」

「おるのだ。今月と来月の関所番には、いずれも先生の顔を知る者がおる」

今月の月番の横目付は、瓦州塾を快く思わぬ一派に属しており、来月の番士のひとりは、瓦州塾の元門弟だった。師匠が藩の不興を買ったと知って、早々に塾を見限った者だけに、かえって厄介だと眉《まゆ》を曇らす。

「今月の月番が、おまえや嘉門殿であればよかったのだがな。こればかりは運がなかった」

「それなら、何故、先月のうちに逃さなかった。わけを明かせば晋輔も知らぬふりを通してくれようし、いざとなれば杉田殿をまるめこむくらいは……」

「先月はあいにくと、伴頭の当たりが悪かった。永倉弥五兵衛は、今月の横目付とご同様、瓦州塾をひどく疎《うと》んじておった。わざわざ町奉行所に出張って、自ら詮議と称して先生に無体を働いた」

豆腐屋の佐次郎夫婦に女児が産まれ、関を越えられず難義した折も、永倉は一切、情けをかけようとはしなかった。狭量《きょうりょう》で激しやすい男だと、武一も承知していた。

騎市の目許が、にわかに険を帯びる。巴田木米は、何度も町奉行所に引っ張られ、顔を腫《は》らして帰ってきた。師を逃さんとこうも必死になるのも、過ぎるほどの用心も、ひとえに過去の出来事が起因している。役人の手にわたった罪人は、どんな非道も理不尽も覚悟せねばならない。

もう二度と、師に役人どもの手垢《てあか》をつけさせまい――。その表情には、固い決意が読みとれた。

「騎市、ひとつきいてもよいか？　おれたちを関所勤番に推したのは、このような仕儀になると、見越してのことか？」

騎市は一瞬、ひどく間の抜けた顔をして、そして笑い出す。

「まさか。そこまでの神通力《じんつうりき》は、おれにはない。さすがは武一、突拍子もないことを思いつくな」

口許に拳《こぶし》を当てて、くつくつと喉《のど》で笑う。笑顔ばかりはいつもの騎市だ。笑い過ぎだ、と仏頂面《ぶっちょうづら》で返しながら安堵《あんど》がわいた。

「だが……先生の難を知ったとき、真っ先におまえの顔が浮かんだ。箱根にはおまえがいる。おまえに助力を乞《こ》えば、きっと道は拓《ひら》けると即座に思えた」

「騎市……」

つい数日前まで、理世のことで疑心暗鬼になっていた。誰よりも信頼していた友を、信じきることができなかった。すまなさとともに、自分を心頼みにしてくれたことが嬉《うれ》しかった。

「頼む、武一、箱根を越える手立てを講じてくれ」

「それを、おまえの先生に伝授しろと？」

「いいや、おれに教えてくれ。おれが先生とともに山を越える」

「何だと……？　正気なのか、騎市！」

うなずいた騎市は、落ち着き払っている。惑うても焦ってもいないことが、武一を茫然《ぼうぜん》とさせた。

「見つかれば、ただでは済まぬ。おまえの父も母も弟妹《きょうだい》も、親類に至るまで連座は免れぬ」

「身内には、すまないと思うている。だが、おれはとうに腹を決めた」

「おまえは騎山家の、嫡男《ちゃくなん》なのだぞ。何百年も続いた家名に、泥を塗るつもりか！」

「家名、か……おれが本当に疎んじておるのは、まさにそれだ」

自嘲《じちょう》ぎみに、薄く笑う。

「おまえも、知っているはずだ。あの約束を忘れたか？」

「忘れてはおらん……忘れようがなかろう！」

武一にとって、あれは楔《くさび》だ。深く心に埋め込まれ、この友との関わりを育《はぐく》むための礎《いしずえ》だ。

道場に通い出して三年、八歳のときだ。道場の帰りに、二人連れの侍に絡《から》まれたことがあった。

武一の担《かつ》いでいた竹刀《しない》の先が、相手に当たったのだ。すぐに詫《わ》びたが、相手は承知しない。城勤めの身なりではなく、冷や飯食いの手合に見えた。自分たちの腹立ちを、弱い子供に向かってぶちまけたのか。平手で頬を張られ、地面に倒れた。

「ぶっちゃん！」

駆け寄った騎市を見下ろし、相手のにやにや笑いがいっそう広がる。鬱憤《うっぷん》のはけ口がもうひとり増えた、とでも言いたげだ。

目の前に立つ大人が異様に大きく見えて、恐怖に襲われた。何を考える間もなく、叫んでいた。

「こいつは、騎山家の嫡男なのだぞ！　傷つければ、お家のお偉方が黙っちゃいないぞ！」

口を衝《つ》いたとたん、後悔した。大事な友を裏切ってしまった——日頃の負けん気が、みるみるしぼんだ。効果ばかりはてきめんだった。二人組はたちまち青くなり、ほうほうの体で逃げ出した。無様な後ろ姿を見送りながら、痛烈に感じた。

あれは、おれだ——。十年後の、おれの姿だ——。

「ごめん、きいちゃん……おれ、きいちゃんにひどいことを……」

涙が止まらなかった。じんじん熱をもつ頬よりも、よほど痛い。

騎市はひと言も責めず、逆に武一の機転を褒めてくれたが、かえってそれが応《こた》えた。

家に帰ってからも、恥ずかしさと悔しさがこみ上げる。夜着を頭から被《かぶ》って、部屋の隅でダンゴ虫みたいに丸まっていた。晩飯にも顔を出さず、やがて父の俵兵衛がようすを見にきた。

「どうした、道場で喧嘩《けんか》でもしたのか？」

のんびりとした口調でたずね、息子から何も返らぬと、となりに並んで座った。

侍の子がいつまでも泣くな、情けない真似《まね》をするな。あたりまえの叱責《しっせき》を、俵兵衛はしなかった。父は何も言わず、黙って息子につき合ってくれた。言葉ではなかっただけに、父の情が素直に身にしみた。

「……おれ、きいちゃんを、傷つけた。騎山の名を出されるのが、きいちゃんは嫌いなんだ。知ってたのに……誰より近くにいて、わかっていたのに……」

「そうか……」

「恥ずかしくて、もう道場にいけない。きいちゃんに、合わせる顔がない」

「もう会わないつもりか？　それではおまえも騎市も、ともに寂しかろう」

父に言われると、よけいに寂しさが募った。その夜は泣き疲れて眠り、翌朝、朝飯も食べずに騎山家へ走った。門番に乞い、ほどなく潜戸《くぐりど》から出てきた騎市に、武一は大きな声で詫びた。

「すまん、騎市！　昨日のことは、おれが悪かった！　もう二度と、あんなこと……騎山のお家の名を、軽々しく出すことはしない。だから、おれを許してくれ」

騎市は実に嬉しそうに笑った。あのときの笑顔は、忘れられない。

「うん、ありがとう、ぶっちゃん」

武一はそれから一度も、約束を違《たが》えたことはない。騎市を騎山家とは切り離して、接してきた。そのふるまいが大人の不興を買ったり、咎められたこともあるが、武一は頑《かたく》なまでに約束を守り通した。城中では立場を重んじたものの、あくまでふりだ。心のありようは変わらなかった。

「思い返せば、あれが大本かもしれない……武一が悔やんだように、おれも悔しかった。身分という隔たりを、煩《わずら》わしいとはかねがね思うていたが、あれほど悲しいと感じたことはなかった」

騎市の目に、ふたたび白い焔《ほのお》が立った。

「おまえと同じ場所に立てぬことが、無性に悲しかったのだ。むろん、ふたりの師の教えもあるが……」

道場の師範たる多木川は、剣の前では強さこそがすべてだと、道場の内では身分の上下を問わなかった。その平等の理念を、より深く具体的に説いたのが巴田木米であろう。

ふたりの師は水や肥やしであり、あくまで種は、武一の存在だったと騎市は明かした。

「剣の腕も心延《こころば》えも優れておる。それでもおまえには、立身出世の道がない」

「いや、そればかりはお門《かど》違いだ。学問はもとより苦手なのだ。どうあがいたところで、おれに重臣など勤まりようがないわ」

「そんなことはない。おまえは己を軽んじているが、卑下するところなどどこにもない。もっとどうしようもない輩《やから》が、この世にはいくらでもいて、さような連中がお家の天辺《てっぺん》を塞《ふさ》いでおるのだ。重臣たち以上に腹立たしいのは、ぼんくらな倅《せがれ》どもだ。父の威光に胡坐《あぐら》をかき、下におる家臣や民草をあからさまに侮《あなど》っておる。あやつらとともにお家を背負っていくのかと思うと、先々に望みがもてなかった」

少し驚いた。騎市は多少の愚痴は漏らしても、あからさまに家中を詰《なじ》る真似は避けていた。口にしても詮無《せんな》きことと日頃から己を律し、下品なふるまいは慎んでいる。内に秘めた不満を消化するために、騎市は懸命に考え続けてきたのだろう。それが藩や国を憂う志と化し、騎市の中の天秤《てんびん》は、主家よりも騎山家よりも、師の命に傾いたのだ。

「どのみちおれは、騎山の家を捨てる。大久保家からもお暇《いとま》をいただく」

「小田原を出るということか？　おまえの親父《おやじ》殿が承知すまい」

「置文を残して去《い》ねば、父上とて致し方あるまい。率《そっ》のないお方であるからな、おれの病と称して、弟に家督を譲る手筈《てはず》を整えよう」

「騎市、それならおまえは……」

「おれは先生と共に行く。国のために、おれのできることをする」

冬の枯れた田畑に、木枯らしが吹きつける。その風の中で、杉の木のように騎市はまっすぐ立っていた。羨望《せんぼう》とともに胸にわいたのは、切ないほどの寂寥《せきりょう》だった。

武一を残して、騎市はひとり旅立とうとしている。

無二の友に置いていかれることが、純粋に寂しかった。

「頼む、武一。おまえには決して迷惑はかけない。たとえ山越えが叶《かな》わず捕らえられたとしても、おまえの名は決して出さぬ」

「馬鹿者が……そんなこと、わかっておるわ」

目に塵《ちり》が入ったふりで、ぐいと顔を拭《ぬぐ》った。

「すぐに腹を決めろとは言わぬが、事はさし迫っておる。先生は、ちょうどいまごろ江戸を発《た》たれ、二日後には小田原宿に入る」

小田原に着いた木米は、ひとまずは城下にある商家の寮で草鞋《わらじ》を脱ぎ、一両日中に関所に近い百姓家に移される。商人も百姓も、ともに瓦州塾に残った六人の門弟たちだという。

「先の晩、おれが理世殿と会うた、大きな百姓家を覚えておるか？　あの家の主《あるじ》は、神部《かんべ》乃《の》平治《へいじ》と申してな、箱根権現《ごんげん》より所領を任されておる者だが、やはり先生の門人だ」

　理世の名に、その衝動が走った。どうしても理世に、確かめたいことがある。

「騎市、一両日だけ待ってくれぬか。明日の晩、またここで会おう。それまでに腹を決める」

　騎市はうなずき、明日の夜五つの鐘を合図に、この場所で会う約束を交わした。


「父上、少しよろしいですか？」

　その晩、夕餉《ゆうげ》の後で、武一は切り出した。母と妹は、厨《くりや》で水仕事をしていた。

「子供の頃、夜中に父上と母上が話をしておられました。父上が、お役差し止めを申し渡されたと……」

　俵兵衛は、足の爪《つめ》を切っている。夜に爪を切るのは縁起が悪い。母に止められるたび、父は言い返した。

『親の死に目に会えないのだろ？　すでに両親《ふたおや》はあの世におるからな。孝行もへったくれもないわ』

　父はそういう人だった。世のあたりまえに、素直に追従しない。あえて斜めから物を見ようとする。言ってみればひねくれ者だが、拗《す》ねたり他人《ひと》を恨んだりはしない。

呑気《のんき》に斜に構えながら、世の常々に皮肉や滑稽《こっけい》を見出そうとする。

だからこそ、不思議に思えた。役目に障《さわ》るほど上役の不興を買うような、それほど要領の悪い男ではなかったからだ。

「いかような仔細《しさい》があったのか、おきかせ願えませぬか？」

どうしていまさら、とは父は言わなかった。背を丸め、鋏《はさみ》を使いながら、ひと言告げる。

「友のためよ」

ばくん、と胸が大きく鳴った。俵兵衛はふり返ることすらしない。

「とはいえ、わしも若かったからな。後先考えず、真正面から組頭に食ってかかった。しかも他所《よそ》の組の組頭にな。あれでは機嫌を損じても文句は言えん」

俵兵衛には、かけがえのない友がいた。同じ年に先手組の番士を賜り、歳《とし》も近く、組は違ったがひどく気が合った。番士にはめずらしく筆が立ち、書を良くする。当人も筆役の仕事を望み、そのための伝手《つて》も得た。書の師匠の門弟に右筆《ゆうひつ》がおり、右筆頭への顔繋《つな》ぎが叶ったのだ。

しかしこの話が本決りになりかけた頃、とんでもない事件が起きた。

夜半、往来を歩いていた折に、襲われたのだ。相手は無頼の町人で、言いがかりをつけてきて四、五人で殴る蹴《け》るの暴行を働いた。

「連中が狙《ねら》ったのは、あいつの右腕だ。腕ばかりか指の骨まで折られ……右手は使い物にならなくなった」

鋏を握りしめながら、俵兵衛は怒りのあまり震えていた。

「もしやそれが、組頭の仕業だと？」

「そういう噂《うわさ》が立った。どうにも堪《こら》えきれず、確かめに行ってな」

むろん、組頭が白状するはずもない。しかし、しつこく食い下がりやりとりを重ねると、相手もぼろを出す。自身が命じたとは決して認めぬまでも、俵兵衛の友が右筆への異動を志していたことを、口汚く罵《ののし》った。

「己の頭をとび越えて、勝手に話を進めたことが、気に入らなかったようだ」

「たったそれだけで、さような無体を？」

「世の中にはおるのよ、人のふりをした化け物がな。しかも始末が悪いことに、そういう者に限って、身の内の化け物に気づきもしない」

切った爪の始末をし、うん、と伸びをした。

「父上、鋏をよろしいですか？」

俵兵衛が、意外そうな顔をする。武一は戒めを信じて、夜爪をしたことがないからだ。父から鋏を受けとって、右足の小指に当てる。思った以上に、切った爪がとんだ。

「先ほどの始末を、悔いたことはないのですか？」

「もちろん悔いたわ。家に帰って、おまえたちの顔を見るなり即座にな。繁に明かしたときなぞ、もうこれ以上ないほど、我が身の愚かを嘆いておった」

それでもな、と畳の上に仰向《あおむ》けに寝転ぶ。

「あのとき何もせなんだら、もっと悔いていた。知らぬ存ぜぬを通すのは、わしの流儀ではないからな」

はっとして、手が止まった。夜爪を厭《いと》う風習は、儒教の教えからきている。爪といえども親からの大事な授かりもの。暗い中で粗末にあつかっては親不孝にあたる、との戒めだ。子供の頃、手習いの師匠からそう教わった。

関所破りを見咎められれば、咎は武一ひとりでは収まらない。両親や妹はもちろん、養子に行った弟や養子先、親類縁者にまで累がおよぶかもしれない。それを思うと、足がすくむ。一方で、騎市に頼まれたとき、気持ちは半ば決まっていた。

天秤にかければ、身内の無事は圧倒的に重い。それでも断るという選択が、どうしても浮かばない。騎市は自らの命と将来《さき》をかけて、巴田木米を逃がそうとしている。

友の人生の岐路に際し、何もしないのは、裏切るのと同義だ。奇《く》しくも父は、まったく同じことを言った。

「たとえ身内に害が及んでも、ということですか？」

「そこを突かれると、痛いがな……」

重ねて問うたのは、せめてものお断りだった。

父とはあまり似ていないと思っていたが、意外なところが受け継がれていた。頭ごなしに止め立てする親なら、こんな相談はもとよりしない。

「己の芯《しん》を曲げてはいけない――わしに言えるのはそれだけだ」

「芯を曲げない……」

「まあ、己を少しずつ曲げながら、丸くなっていくのが歳をとるということだ。だがな、生まれもった芯だけは、案外変わらぬものだ。そこを曲げては、我は我でなくなる」

「我は我……おれはおれか」

中途半端《はんぱ》に爪を切った、己の足先をじっとながめた。

「あの馬鹿げたふるまいのおかげで、わしはいまも、心置きなく件《くだん》の友とつき合うておる。いまは浦賀におってな、何と浦賀奉行のもとで右筆を務めておる」

「右手が治られたのですか？」

「いいや、左手だ。わずか二年ほどで、右手と変わらぬほどの達筆を書けるまでになった」

愉《たの》しそうに、呵呵《かか》と笑う。父が事なきを得て、武藤家のつましい暮らしが守られたのは、騎市のおかげかもしれない。真相はわからぬまでも、武一はそう思っている。

借りを返す、との思惑もある。だが、それだけでは、とても引き受けられるものではない。貸し借りや損得を越えた先にあるものを、武一は見定めてみたかった。

鋏を使い、足の爪をすべて切り終えると、足許が軽くなった気がした。

父に礼を言い、寝間に下がった。父は何もきかず、武一も語らない。それでも、許しを得たように思えた。

翌日、武一は箱根の山に上った。

「武一ではないか。当番でもないのに、いったいどうした？」

「なんだ、そんなにおれたちが恋しかったのか？」

昼前に関所に到着すると、今月の番士たる斉藤兵六と松田忠也が迎えてくれた。

「おまえたちのむさ苦しい顔を、見にきたわけではないわ」

「ほおお、とすれば、やはり女子《おなご》か？」

「わざわざかようなところまで、実に健気《けなげ》よの」

平時であれば反論するところだが、いまはかえって良い隠れ蓑《みの》になる。理世に会うのは本当だが、もうひとつの目的を果たすために、関所を越えねばならない。上役からは箱根宿に私用があるとの名目で、手形を入手した。

ただ、関所の内に、理世の姿がない。つい目で探していると、兵六がにんまりと笑う。

「あいにくと、目当ての女子は今日はおらぬぞ」

「母上の登世殿に、伺うてみるのだな。せいぜい機嫌をとるのだぞ」

からかいの種にされては、やはり面白くない。ふたりの同輩に睨《にら》み返してから、理世の母親である人見女にたずねた。

「登世殿、娘御は、今日は非番でござるか？」

いつものごとく、にこりともせずに登世はこたえた。

「理世なら、昼を過ぎた時分に参ります。お役目にもだいぶ慣れましたし、私が朝、娘が昼と、出仕の刻限を分けることにいたしました」

さようか、と何食わぬ顔で応じた。

兵六や忠也と雑談を交わし、伴頭らに挨拶《あいさつ》を済ませると、武一は関所を抜けた。

箱根宿に至ると、いつも湯屋を借りていた旅籠《はたご》を抜けて、やがて堀にかかる木橋に出た。欄干にもたれて、しばし待った。理世が関所へ向かうには、この道を通るはずだった。

ここで理世と言葉を交わしたときは、六月だった。夏の終わりで、風呂《ふろ》帰りの理世の姿は撫子《なでしこ》を思わせ、しばし語らっただけで、武一の心は無邪気に舞い上がった。半年も経《た》っていないのに、遠い昔のことのように色褪《いろあ》せていた。

芦ノ湖をながめ、ため息の数ばかり稼ぐ。四半時《しはんとき》ほど経ったろうか。堀沿いの道をこちらに歩いてくる女が、武一に気づいて会釈《えしゃく》をした。

近づいてくる姿に、武一はただ見惚《みと》れていた。綿入れの上から道行《みちゆき》を羽織り、それもまた羽をふくらませた鷺《さぎ》のようで、たおやかに映る。

おれは本当に、この女人に惚《ほ》れているのだなと、しみじみと思った。

十年近くも巴田木米に添い、別れたいまも夫を案じ、おそらくは片時も忘れていない。それを知ってからは、どうしてだかいっそう理世への思いが募った気さえする。

ひとりの男に、ただ一心に気持ちを傾け、真《まこと》を尽くす。

皮肉なことに、巴田への深い情愛が、理世の内に秘めた美しさをいっそう際立《きわだ》たせる。

「武一さまとお会いできるとは、思いませなんだ。非番の折に、おめずらしい」

「実を申さば、理世殿を待っておった」

「私を？」

「少し、話がしたくてな……昨日、騎市に、騎山市之助に会うた」

それだけで、話の趣旨を察したのだろう。理世の表情が、にわかに緊張する。

「私の、夫の話にございますか？」

元の、とは言わなかった。別れたいまも、理世の中では夫のままなのだ。思いのほか傷つきながら、そうだ、とうなずいた。

「ひとつふたつ、理世殿に伺いたきことがある。少しよろしいか」

と、橋の下を示した。他人の耳に入れてはならない話だ。人目に立たない堀端へと、理世を連れて下りた。

「武一さま、お話とは？」

瞳には、未《いま》だ警戒の色が宿る。夫が小田原藩から受けた仕打ちを思えば、あたりまえだ。武一が敵となるのか味方に立ってくれるのか、まだ判断がつきかねるのだろう。

解《ほど》くように、まず告げた。

「おれは、何がどうあろうと、騎市の味方だ。よって、騎市が慕い、忠を尽くす巴田先生にお味方する。幕府や大久保家に、漏らすような真似は決してせぬ。それだけは信じてくれ」

「武一さま、痛み入ります……そのお言葉が、どんなにありがたいか」

理世の緊張が崩れ、深い安堵の息を吐く。長居をすれば人目に留まる。武一は手短かに、本題に移った。

「先生の難儀は伺うた。騎市は先生を、逃がそうとしておる。理世殿も承知の上か？」

「はい、存じております」

「理世殿も、ついていきたいのではないのか？」

ふいを食らったように、黒い瞳が揺れた。一瞬の迷いは、閉じたまぶたが覆《おお》い隠し、ふたたび開いたときには、瞳は定まっていた。

「女子は足手まといになりますし、私が箱根から消えれば、要らぬ疑いを招きます。ここに留まることこそが、夫を永らえさせる唯一《ゆいいつ》の手立てだと心得ております」

「もしも見つかれば、断罪は免れない。それ以前に、山で息絶えるやもしれない。それでも巴田殿を送り出すか？」

念を入れたのは、あまりに事の成就《じょうじゅ》が難しいからだ。冬山となれば、露見以上に山中で力尽きる危うさの方が大きい。どんなに良く見積もっても、成功の率はせいぜい一、二割。あまりに危険な賭《か》けだった。

「夫は、国禁を犯しました。捕縛は幕府の胸三寸によりますが、捕まればやはり断罪を受けます。その身の上をただ待っているよりは、あがいてでも自らの道を進んでほしい……それが私の願いです」

その覚悟以上に、国禁という難しい語が、女子の口から出たことに武一は驚嘆した。理世は単に、妻として夫にかしずいていたわけではない。瓦州塾でただひとりの、女子の門人でもあったのだ。

「夫がたびたびお上に責められていた頃は、辛うございました。木米殿は決してお上に弓引くつもりなぞなく、より良き世を願うていただけなのに……すぐ目の前にある貧や窮が見過ごせず、若い方々の目を開くことで、次の世を、未来を、少しでも明るくしたいと、ただそれだけを……」

声を詰まらせた。涙を押し留めるように、しばし目をつむる。

「小田原の領を出るべきだと、勧めたのは私です。狭い領内ではなく、もっと広い世に歩み出すときだと、背を押したのは妻の私でした」

塾に残った弟子と、そして故郷の小田原を見捨てる行為に、木米は最後まで躊躇《ちゅうちょ》した。それを強いて勧めたのは、ひとえに夫の身を案じてのことだ。このままでは、役人に殺されかねない。ただ夫に生きていてほしかったと、理世は訴えた。

「足軽身分とはいえ、木米殿にも武士の誇りはございました。それを捨てても、己《おの》が道で生きてほしかった」

理世はもちろん、共に従うつもりでいた。けれどちょうどその折に、理世の姉が病に伏した。母の登世には人見女の役目があり、姉の看病は理世が引き受けた。病状は捗々《はかばか》しくなく、それでも登世は泣き言をこぼさなかった。義母の胸中を察して、木米は妻との離縁を切り出した。

「木米殿は幼きころに、母上と姉上を相次いで亡《な》くされました。それが私の身内と、重なったのでしょう。母と姉を大事にせよと申されて……私は承知せず、連れていってほしいと切に乞いましたが、叶いませんでした」

すうっと理世の瞳から、色が抜けるように思えた。虚《うつ》ろな眼差《まなざ》しからは、どうしようもない寂寥が読みとれる。道場仲間であった、伊那次の話を思い出した。

気丈な理世が、夫に閉め出され、雪の中にいつまでもうずくまっていた――。

夫を失い二年のあいだに、この人はどれほど泣いたのだろうか。すでに自分のための涙は涸《か》れはてているに違いない。それでも夫のためにはまだ泣けるのだ。あの晩、騎市から木米の危急を知らされて、あんなにも動揺して――。

未だに夫への深い情愛は、少しも損なわれてはいないのだ。

「理世殿、木米殿のお命、それがしと騎市に託してくだされぬか」

「武一さま……」

「きっと無事に、西国へお連れいたし申す」

翳《かげ》っていた理世の瞳に、光が灯《とも》った。紛れもない希望の光だ。

理世の無言の訴えが、最後までわだかまっていた武一の中の迷いを払った。

山越えの手立てを講じることに、躊躇《ためら》いはない。昨日、騎市の相談を受けながら、すでに心積もりはあった。迷っていたのは、そこから先の己の仕儀だ。

道を知らぬ者が冬山に入るのは、死にに行くようなものだ。

それこそ詳しい地図などなく、関所にある御要害図ですら、ひどく大雑把な代物だった。

箱根越えには、自分も同行しよう。

脱藩はできぬが、せめて関の向こうまで、騎市を見送ろう。今日、理世に会いに来たのは、その決心を固めるためだった。

そしてもうひとつ、関のこちら側で確かめねばならないことがある。むろん、抜け道を講じるためだ。

関所へ向かう理世とは逆の方角に向かい、箱根宿を抜けて一里ほど山を下った。

「たしか、この辺りであったか……」

見覚えのある木を目印にして、そこから山に分け入った。

武一が箱根番士の任に着いたのは、今年の二月。桜が咲く前の時季だ。山に雪は残っていたが、雪解けも間近の頃で、要は冬山の経験がない。箱根の雪はそう厚みはないものの、街道から一歩逸《そ》れると足首が埋まるくらいは積もり、場所によっては膝丈《ひざたけ》に達する。

並の山なら、樵《きこり》や狩人《かりゅうど》が通る杣道《そまみち》があるはずだが、箱根は下々の立ち入りを禁じた御要害だけに、狩りはもちろん竹の一本すら伐採は禁じられている。山をうろつくのは、関所番士くらいのものだ。

幸い武一は、書き物が苦手であるために、外の見廻りにたびたび行かされた。見廻るのは、山中に立てられた柵《さく》である。破れや壊れがないか検《あらた》めて、必要に応じて修繕の手筈をとる。先月、十月の勤番の折に、めずらしい傷《いた》みを見つけた。

関所を囲む黒塗りの柵と同様に、山中にも柵が巡らせてある。人の背丈より高く、頑丈な代物で、さらに先端が竹槍のように尖《とが》っている。猪《いのしし》が体当たりしても、まず壊れることはないときいていた。

その堅固なはずの柵が、一ヵ所だけ大きく傾いていたのだ。見つけたときは、大いに仰天した。道具で壊されたような跡はなく、獣の仕業と思えた。

「箱根には、熊《くま》や鹿《しか》はおらぬはずだが……やはり猪に破られたか」

「いえ、武一さま、これはおそらく穴熊ですね」

同行した足軽の岡衛吉は、地面を示した。よく見ると、そこだけ地面が削り取られたように陥没している。

「連中は土の中に巣穴を掘りますが、ひとつやふたつでは済まないのです。二、三十はあたりまえ、多いときには五十にも及ぶといいますから」

外見は狸《たぬき》に似ているが、穴熊は地中に巣を作る。巣穴は何世代にもわたって引き継がれ、すべて地中で繋がっている。掘り返すと、びっくりするほど大きな巣穴と化していることもあるという。穴熊が柵の下を掘り、柵の重みで地面が抜けてしまったようだ。以前にも同様に、柵が壊れたことがあると衛吉は語った。

武一は当然、伴頭らに報告するつもりでいたのだが、その日の晩は用事があった。関所で見知りになった豆腐屋の娘、おいくのお七夜である。武一らは赤ん坊のおいくの女手形を入手するために、ひと役買った。明日でよかろうと報告を日延べしたが、騎市と理世の姿を見て、動揺のあまりすっかり忘れていた。

今年の箱根の初雪は、その翌日のことだ。たいした降りではなかったものの、十月二十日過ぎのその日以来、山中の見廻りを命じられることがなくなった。冬山の見廻りは皆無ではないものの、下手をすれば遭難の危険がある。伴頭を先頭に十名ほどの隊列を組んで見廻るのが慣例で、それもせいぜいひと冬に一、二度だときいていた。

おそらくは、あの穴熊による柵の破損は、武一と衛吉以外は知らず、また修繕もされていないのではないか。武一はそれを確かめに来たのだ。

柵は決して、山中に隙間《すきま》なく配されているわけではないが、人が行き来できそうな場所はほぼ隈《くま》なく塞がれていた。柵のない場所には絶壁がそそり立ち、深い谷が口を開けている。

箱根における関所破りは、この二百年のあいだ、わずか数件に留まる。そしてそのほとんどが、いわゆる山越えのたぐいではなく、偽《にせ》の手形や無手形で関所を通過、あるいはそれを試みた者たちだ。由井正雪も同様であり、実際に関を破ったのは、お玉が池の伝説になったお玉くらいだろう。他には大名行列に何食わぬ顔で交じり関越えをせんとした者、駕籠《かご》を使って通過した者などが伝わっている。

だが、逆に考えれば、山越えをした者は、見つかることなく関を越えたのではなかろうか。武一はそう考えた。

騎市は最初、芦ノ湖を舟で渡る案を示したが、これは論外だ。

芦ノ湖には、二重の柵が湖上に突き出ており、監視の目も厳重だった。関所の山側にあたる小高い丘には、二階建ての物見櫓《ものみやぐら》が据えられている。芦ノ湖が一望でき、見張りの足軽が常駐していた。

騎市から関所抜けを打診されたとき、まず思い出したのは、穴熊の巣穴で足場を失った柵だった。

先月、衛吉と見廻りをした際は、こちらの京口側から山に入った。もちろん江戸口側からも行き着けるはずだが、道の覚えが頼りないだけに自信がなかった。

半時ほど歩いて、ようやく目的の場所に辿り着いた。

傾いた柵は、自らの重みに耐えきれなかったようだ。十本ほどの角材が雪の上に倒れ、堅固なはずの柵には、人二人が並んで通れそうなほどの大きな隙間が開いていた。

「巴田木米でござる。此度《このたび》はたいそうな難儀をお頼みして、まことに申し訳ござらん」

武一に向かって、ていねいに頭を下げる。

木米は小柄で痩《や》せた男だが、瞳《ひとみ》の奥には豊かな光が瞬《またた》いていた。深い教養と思索が、垣間見える。理世が愛したのはこういう男かと、感慨深い思いがわいた。

「ここの住み心地はどうだ？」と、騎市がたずねる。

「乃平治殿が、何かと気遣うてくれてな。おかげでゆるりと過ごせた。ことに膳《ぜん》の景色がな、武藤の家とは大違いだ。毎日、魚の干物が載るのだぞ」

「おまえはこんなときでも、飯の話か」と騎市が苦笑する。

騎市に承知を告げてから、三日が過ぎていた。このあいだ武一は、神部乃平治の家の離れで世話になっていた。乃平治は百姓だが、瓦州塾の門人でもある。

この三日、武一もただ呑《の》み食いしていたわけではない。毎日、山に入り、山越えの道筋を探っていたのである。小田原からでは遠すぎる。箱根宿からほど近い神部家で寝泊まりさせてほしいと騎市に頼み、乃平治も快く了承した。

そして決行の前日、今日になって、初めて木米に引き合わされた。

「武一、本当におまえも共に行くのか？」

「しつこいぞ、騎市。すでに申したであろう。あの入り組んだ山道を、絵図にできるほどおれは賢くない。何のために、三日のあいだ山歩きに精を出したと思うておるのだ」

騎市と、そして木米が、神妙な顔をする。

「ありがとう、武一……心から礼を言う」

「やめてくれ、まだ事は成就してはおらんのだぞ。礼なら、無事に関を越えてから、たっぷりとしてもらう」

そろって月代《さかやき》を向けるふたりの頭を上げさせた。

「で、出立《しゅったつ》は？」

「人目につかぬよう、夜が明けぬうちに山に入りたい。空が白む暁《あかつき》七つより、四半時ほど早くこの家を出るつもりだ」

「ということは、丑三《うしみ》つ時《どき》辺りだな」

乃平治がしつらえてくれた夕餉の膳で腹ごしらえをして、その日は早めに休み、夜半過ぎに起きて仕度を整えた。弁当の握り飯を抱えて、乃平治が離れを訪れた。

乃平治が涙ぐみ、師の木米と、今生の別れを惜しむ。

三人は提灯《ちょうちん》を手に、闇《やみ》の中に踏み出した。

神部家を出てから、小田原の方角に半里ほど山を下った。この辺りは岩肌がそそり立っていて、山に分け入ることすらできないからだ。杉並木を越えると石畳の街道が続く。お玉が池に至る道を過ぎ、昼間であれば、そろそろ甘酒茶屋が見えてくる辺りで右に折れ、屏風山に入った。雪に残った足跡が見つかれば、厄介だ。街道から逸《そ》れたときについた足跡は、念入りに消した。

　山に入ったとたん、闇が急に濃くなったように感じる。提灯の灯りが頼りなく、背中から心細げな騎市の声がした。

「こんなに暗うて、道の見当がつくのか？」

「この辺りは、三日続けて往来したからな、勝手もわかる。もとより道などないしな」

「空が、白んできたようだな……あいにくと、晴れぬようだが」

「雪になれば、厄介ですな」

　提灯の火を吹き消して、木米と騎市が語り合う。木米をあいだに挟み、前を武一、しんがりは騎市が務める。意外にも、入山してからすぐに下り坂になる。この辺りは夏や梅雨時には足元がジメジメするのだが、冬場のいまはかえって歩きやすい。しかし下りはすぐに終わり、ここから先は急勾配《きゅうこうばい》が続く。いくらも進まぬうちに、吐く息が荒くなってきた。

武一が講じた道筋は、関所の東を塞ぐ屏風山を越えて、さらに箱根宿を過ぎるまで道なき道を行かねばならない。この広大な山林の中で、柵の破れ目はたった一ヵ所。間違いなくそこに辿《たど》り着くために、三度も重ねて試行錯誤をくり返した。

この辺りにはまだ、柵は設けられていない。武一が足を止め、周囲を見渡す。

木々の隙間が、だいぶ明るくなってきた。見当よりやや右寄りに、目印を見つけた。木の枝に巻いた、赤い布だった。武一だけは、同じ道を再び戻らねばならない。目印の布をそのままにして、ふたたび目を凝らして同じ目印を探す。

五つ目の目印に達すると、木米から声がかかった。

「かように目立つ印をつけて、誰ぞに見咎《みとが》められはしまいか？」

「この山に入るのは、関所番士くらいでござる。冬のいま時分は、その見廻りも間遠《まどお》になります故《ゆえ》、ご懸念《けねん》にはおよびませぬ」

「武一、おまえ……この布を道筋すべてに結わえてきたのか？　大変な苦労であったろうに」

「おれひとりでは、とても間に合わなかった。これもすべて、衛吉のおかげだ」

「そうか……衛吉にも、直《じか》に礼を述べたかったな」

どうしても、岡衛吉の助力が要る——。痛切にそう感じたのは、理世と会ったあの日のことだ。壊れた柵までは辿り着けたものの、そこから先ですぐに道がわからなくなった。小田原側からこの場所まで至るのは、あまりにも困難だ。自分一人では、数日のうちに目処《めど》を立てることなど、とてもできそうにない。

関所勤めの合間に、気晴らしと称して山歩きに精を出していただけに、武一も山道にはそこそこ詳しい。だが、番士の勤番は四月《よつき》おきであり、今年から役目を賜っただけに、武一が箱根にいたのは、のべ三月に留まる。しかも真冬の箱根山は、経験がなかった。

対して岡衛吉は、三年近い年季があり、しかも足軽は、ひと月おきに箱根に詰める。武一が知る限り、誰よりも山中に詳しい者が衛吉であった。

あの人の好《よ》い足軽を、巻き込みたくはない。しかしこの山越えには、騎市と木米の命がかかっている。理世のためにも、我が身を賭《と》してでも成し遂げなければならなかった。

その日の晩、騎市にその旨《むね》を明かし、翌朝、衛吉に会いに行った。

衛吉は偶数月の勤番であるため、今月、十一月は、城下の足軽長屋にいる。

「頼む、衛吉。無理は承知の上だが、お主の力を貸してくれ」

わけを話すと、衛吉はひどく戸惑った顔をしたものの、その場で承知を告げた。決断の速さに、武一の方がいささか慌《あわ》てたほどだ。

「良いのか？　万一、表沙汰《おもてざた》になれば、ただでは済まぬのだぞ。むろん、おまえのことは決して口外せず、おれひとりの胸に仕舞っておくつもりだが」

「武一さまが危ない橋を渡るのは、騎市さまのお為《ため》でございましょう？」

「まあ、そうだが……」

「それならおれも、手伝います。武一さまも騎市さまも、おれにとっては大事なお方ですから」

「衛吉……かたじけない」

いつもと変わらぬ笑顔を向けられて、つい涙ぐんだ。

その日のうちに、ふたりで箱根山に登り、神部家に寝泊まりしながら、関の小田原側から柵の破れに至るまでの道筋を模索した。

衛吉とて、屏風山のすべてを把握しているわけではないが、武一よりは何倍も頼もしい。共に歩いてみて、改めて有難さを実感した。道に迷うと、衛吉は必ず上を見る。

「武一さま、あの木が見えますか？」

衛吉が示した先には、弓形に大きく反った幹があった。

「箱根は風が強いために、幹や枝があのようにたわむのです。ここいらの風は芦ノ湖から吹きつけますから、つまりはあちらが西になるのです」

幹を弓とすると、弦《つる》の側から風が吹き、そちらが芦ノ湖のある西になるという。山間《やまあい》だけに天気が変わりやすく、方角を見失ったときには目安になると説かれた。

その衛吉ですら、壊れた柵まで行き着くには、三日を要した。

「なるほど……北条《ほうじょう》の砦《とりで》跡から、辰巳《たつみ》よりやや南よりの方角になりますか。真《ま》っ直《す》ぐには辿れぬだけに、かなりわかりづらいですね」

屏風山の山頂には、北条氏の砦跡があるそうだが、夏は草木の緑に、冬は雪に覆われるために、武一はついぞ拝んだことがない。衛吉は周囲の木々のようすから見当をつけているようだが、武一にはとてもそんな真似はできない。

「参ったな……あと三度は通わねば、覚えられそうにない」

「では、目印をつけましょう。こんなこともあろうかと、乃平治殿に用立ててもらいました」

衛吉が懐《ふところ》から出したのは赤い布だった。これを紐《ひも》状に裂き、帰る道々、幹に結わえた。

知恵や機転もさることながら、いかな難事に際しても、素朴な笑顔を絶やすことがない。あの笑顔こそが、衛吉の強さだと思えてならない。

「おれも一緒に、連れていってもらえませんか。きっとお役に立ってみせます」

武一に任せるのは心許《こころもと》なかったに違いない。昨日の朝、衛吉はそのように申し出てくれたが、これを固辞し、無理に城下に帰した。言葉に尽くせぬ恩義を感じていたからこそ、危険に晒《さら》したくはなかった。

「武一さま、必ず、必ず、お戻りになってくださいね。きっとですよ、約束ですよ」

何べんも念を押し、武一の身を案じながらも、去り際はやはり笑顔だった。思い返すと、安堵《あんど》に似た気持ちがわく。

気を抜いたところで、わっ、と後ろから声がした。

背後にいた木米が、足を滑らせたのだ。騎市が咄嗟《とっさ》に手を伸ばしたが、間に合わない。

雪の斜面を滑り落ちたが、途中で木の幹に引っかかり、どうにか止まった。それでも二階屋の高さほどは落ちたろうか。斜面はことさら雪が深く、小柄な木米は幹を支えにもがいている。

「先生！　いま助けに参りますので……」

「よせ、騎市。無闇に動けばおまえも落ちるぞ。こいつを使った方が早い」

肩に担《かつ》いできた縄を解き、木米に向かって投げた。

「腰に巻いて、しっかりと結んでくだされ……よろしいか？　引っ張りますぞ」

騎市と息を合わせて縄を引く。人一人の幅しか足場がなく、油断をすれば共に落下しかねない。腰を落とし、慎重に縄を手繰り寄せた。木米を無事に引き上げたときには、ふたりそろって雪にへたり込んだ。

「造作をかけて、すまない。雪で目をやられてな、足許を見誤ってしもうた」

「武一、腹も減ったし、この辺りで少し休んでいかぬか」

「弁当を使うのは、あと一時《いっとき》ほど堪えてくれぬか。この先に急坂があってな、昼前に越えておきたい。坂の上に拓《ひら》けた場所がある。そこで休もう」

　武一が急いだのには理由がある。雪以上に怖いのは風であった。いまはさほど気にならないが、山の天気は気難しく、おしなべて午後になると風が強くなる。行程の最大の難所たるその場所を、風がないうちに越えたかった。

「大丈夫だ、市之助。気遣いは無用だ」

疲れを濃く刻みながらも、木米が気丈に立ち上がる。騎市も師に従ったが、いざその坂下に達すると、仰天の声をあげた。

「これが、坂だと？　むしろ崖《がけ》ではないか」

眼前にそびえ立つ岩壁を見上げ、あんぐりと口を開ける。高さは優に、二階屋の三倍はある。声にはせぬものの、木米も途方に暮れた顔で、崖を仰いでいる。

「心配は要らぬ。そのために、こいつを担いできたのだ」と、肩にある縄を示す。

「もしや……武一殿が先に登り、上からその縄を垂らすというのか？」

「さようでござる。縄の長さも、合わせて按配《あんばい》して参った故、ご案じ召されるな」

「いや、我らのことよりも、武一殿の身が心配でならぬ。ところどころ雪が残っておるし、もしも手が滑りでもしたら、下の岩に叩《たた》きつけられてしまうぞ」

木米が、我が事のように青くなる。衛吉を真似《まね》て、笑顔を向けた。

「心配ござらん。それがしは、身軽と丈夫だけが取り柄でして。なあ、騎市？」

「……ああ、そうだな。頼むぞ、武一」

木米よりもさらに色濃い憂《うれ》いを表情に滲《にじ》ませながらも、あえて騎市が告げた。

両手に唾《つば》を吐き、岩に片足をかける。下からながめると垂直に見えるが、勾配が極端にきついだけで、登れぬ壁ではない。衛吉とともに二度、試した崖だけに不安はなかった。

岩の窪《くぼ》みや出っ張りに両の手足をかけながら、からだをもち上げる。家守《やもり》が這《は》うような格好で、半ばまで案外するすると運んだ。

「何と身軽な……まるで猿のようだの」

下から木米の呟《つぶや》きがきこえ、その瞬間、左の足の下から岩の感触が消えた。雪ですべったようだが、考える暇もなかった。がくん、と視界がはずみ、ずり落ちそうになるからだを、両腕で岩にしがみつき必死で支えた。

「武一、大丈夫か！」

下から声を張る騎市に、何とか応じたが、どっと冷や汗が出た。そこから先は慎重を心掛けてよじ登る。下を覗《のぞ》くと、ふたりの安堵の顔が小さく見えた。

崖上の太い幹に縄を巻きつけ、下に垂らす。縄を頼りに、先に木米が、最後に騎市が崖の上に辿り着いた。道場で鍛えていただけに、騎市は障りはなさそうだが、木米はだいぶ疲れているようだ。少し下った窪地で、弁当を使った。

この場所は、ほぼ屏風山の頂上にあたり、しばらくは緩い下り坂が続く。時折、登り返しはあるものの、たいした勾配ではない。武一がそう説くと、木米はほっとした表情を浮かべた。

下りの途中には、人の背丈の三倍はありそうな笹《ささ》が、隙間なく密集している場所があり、これを迂《う》回《かい》して進まねばならない。武一にとっては邪魔でしかないが、本草学に詳しい木米は、いたく関心を寄せた。

「なんと見事な……これほどの笹林には、初めて会うたわ」

疲れすら吹きとんだように、瞳を輝かせて見惚れていた。

笹林を抜けると、かなり急峻《きゅうしゅん》な下りの坂道となる。登りよりはよほど楽ではあるものの、雪に足をとられかねないだけに、ひと足ひと足に緊張を強いられる。やはり午後になると、風が強くなってきた。時折、突風が吹きつけて、そのたびに足が止まる。きつい傾斜を過ぎると、ようやく人心地ついた。

「箱根の境までは、まだ遠いのか？」

「真っ直ぐ行けば、ほどなく柵が見えるのだが、破れ場所に行き着くには、かなり東へ逸れることになる。その分、遠回りにはなろう」と、騎市にこたえた。

「山中についた足跡は、大丈夫であろうか？」

「日を置かず雪が降るからな。四、五日も経てば消えてしまうわ」

山道としては平坦《へいたん》な方だが、東へ進むごとに森が深くなる。岩場や谷も避けねばならず、もっとも複雑な行程だった。関の向こう側から最初に柵を越えたとき、早々に断念したのもそのためだ。衛吉がいなければ、この道筋は割り出せなかった。

ここで迷えば、二度と屏風山から出られぬ恐れすらある。風にたなびく赤い布を見極めながら、用心深く進んだ。

「あったぞ！　あれが柵の破れ目だ！」

嬉《うれ》しさのあまり、駆け出しそうになった。十本ほどの柵が倒れているのを見下ろして、なるほど、と騎市が感心する。

「それにしても、穴熊とは……狸のごとき小さき獣が、かように堅固な柵を倒すとは」

「それだけ箱根の山が、豊かだという証《あか》しであろうな。道を急いでいなければ、もっとゆっくりと草木の顔を拝みたかった」

木米は、名残り惜しそうに来た道をふり返る。

穴熊は、この男かもしれない。

ひとりの力など高が知れているはずが、騎市や望月ら門弟を巻き込み、忠真公すら味方につけた。江戸を逃れ関を破り、地中深く潜りながら、いつか国という地盤を揺るがす真似すらやってのけるのではないか――。

木米をながめながら、武一はその姿を夢想していた。

ふいに、柵の向こう側の藪《やぶ》が、大きな音を立てて揺れた。素早くしゃがみ、息を詰める。武一に倣《なら》い、ふたりも身を低くして、藪を見詰める。

こんな場所に足を踏み入れるのは、箱根番士より他に考えられない。柵の破れに気づいて、修繕に来たのか――。思わず、腰にある刀を握り締めていた。

もしも番士と顔をつき合わせることになったら、おれはどうする？　よもや同輩と、斬《き》り結ぶわけにもいくまい。相手は斉藤兵六や松田忠也かもしれぬのだ。あのふたりであれば、わけを話せば見逃してくれるかもしれない。しかし、番士だけで山に入ることはまずない。足軽は必ず連れているはずだ。やはり見つかれば、三人そろってこの地で磔《はりつけ》となる。

自分がここで食い止めて、ふたりを逃がすか？　ここから先は、さほど難しい道ではない。おれがいなくとも、何とか箱根宿の先に出られよう。それしかあるまいと、覚悟を決めた。こちらから仕掛けるか、ぎりぎりまで引きつけるべきか――。迷いながら鯉口《こいぐち》を切る。

と、ふたたび藪が音を立て、心の臓が喉元《のどもと》まではね上がる。

藪から出てきたのは、猪だった。急激に安堵が押し寄せて、頭がくらくらした。最悪の事態は回避できたが、突進されてはやはり危ない。柵越しに獣と見つめ合い、武一は再度身構えた。しかしとなりから、その場に似合わぬ優しい声がかかる。

「驚かせて、すまなんだ。おまえたちの住処《すみか》に、勝手に立ち入ってしまったな。我らはすぐに立ち去る故、見逃してくれぬか」

木米の意志を理解でもしたように、猪はくるりと向きを変え、また藪の中に消えた。

「牙《きば》が短かったところを見ると、雌猪《めす》のようですな」

「ちょうどいま時分は、猪が子作りにかかる頃だ。雄猪であれば、向かってきたやもしれんな」

騎市と木米が、そんなやりとりをはじめる。呆《あき》れた拍子に、本音がこぼれた。

「これから関を破ろうというのに、何と呑気《のんき》な。大罪を犯すことをお忘れか」

「おお、さようであったわ」

間の抜けた返しに、さらにがっくりくる。さっきまでの緊張感がたちまち霧散《むさん》した。

「先生は、こういうお方でな。何というか、まあ、大らかなのだ」

笑いを堪《こら》えながら騎市が言い訳する。すっかり気が抜けて、それまで武一を雁字《がんじ》搦《がら》めにしていた罪の意識が薄れていく。

騎市と、そして理世が、木米をこうまで慕うのはこのためか。

知らずに繫《つな》がれていた軛《くびき》から、いともたやすく人を解き放つ——。

新しき国を興《おこ》すのは、こういう男なのかもしれない。

倒れた柵を踏み越えて、関の向こう側に至る。

その一歩が、新たな世界へと踏み出す幕開けのように思えた。

※

「やはり山中は、まだ雪解けにはほど遠いのう」

ぼやきながらも、前を行く越坂晋輔の巨体は、たくましく雪を蹴《け》散《ち》らしてゆく。

その日、武一は晋輔と一緒に、屏風山に分け入った。

ここを通るのは、三月ぶりになる。小田原城下は、あと十日ほどで桜の開花を迎える。屏風山は未だに冬景色のままだったが、三月前にくらべると、雪はだいぶ嵩《かさ》を失っていた。

「山歩きには早過ぎると思うていたが、やはり小机にじっとしておるよりは、よほど性に合っているな。そう思わぬか、武一」

「ああ、そのとおりだな」

「どうせなら、行けるところまで行ってみるか。柵の見廻りも、大事なお役目であるしな」

たった三月しか経っていないというのに、こうして日常に立ち返ってみると、あの日のことが夢であったかのようだ。無事に箱根宿の向こう側に出て、街道を下り、その夜は三人で三島宿に一泊した。騎市と永《なが》の別れを惜しみ、翌日、まだ暗いうちに三島を発《た》ち、ふたたび難儀な山道から関を越えた。

箱根番士自らが禁を犯した。悔悟《かいご》はないが、罪は自覚している。それすら日常の中では徐々に風化していく。登城して先弓組の仕事に従事し、家に帰り家族と語らい、時には晋輔ら友人たちと酒を酌《く》み交わす。

「それにしても、騎市が病を患《わずら》うとはなあ。いまは浦賀におる騎山の親類のもとで、養生しておるのだろう？　早う治ってほしいものだの」

騎市の病は、治ることはない。今頃は木米と西国にいて、また呑気なやりとりを交わしているのかもしれない。

「お、関の境に至ったぞ。ほれ、あそこに柵が見えるわ」

「まだ日も高いし、もう少し奥まで行ってみないか？」

体力があり余っているだけに、晋輔も喜んで応じる。柵に沿って、東に進んだ。やがて見覚えのある景色が広がった。岩と木々の配しようとその形が、一枚の絵のように頭に刻み込まれている。自《おの》ずと足が急《せ》いて、晋輔を追い越した。この先に、壊れた柵があるはずだ――。

「おっと、急に止まるな、武一。どうした、何かあったのか？」

逆だった。あるはずのものが、どこにもない。

「たしか、この辺りの柵が倒れ……いや、傾いていたはずなのだ。十月に衛吉と参ったときに見つけて……」

「それなら、他の月番の者たちが、修理を施したのであろうな」

たぶん、晋輔の言うとおりだろう。雪深い最中《さなか》でも、見廻りがまったくないわけではなく、ああも見事に倒れた柵を、そのままにしておくはずもない。

わかってはいたが、からだの芯《しん》が引き抜かれるような落胆を覚えた。

違う、これは落胆ではなく——。正直な気持ちが、外に向かってあふれ出た。

「おい、武一、おまえ……泣いているのか？」

晋輔が、たちまちおろおろする。情に厚い男だけに放ってもおけず、さりとてさっぱりわけがわからないのだろう。

込み上げる思いは、落胆ではなく寂寥《せきりょう》だった。平穏な日常が戻ってきたからこそ、騎市の不在は応《こた》えた。そこだけぽっかりと穴があいた。

騎市のいないことが、寂しくてたまらない。二度と帰らず、二度と会えないかもしれぬことが、悲しくてならない。

「もしや……理世殿にふられたのか？」

それしか思いつかなかったのか、晋輔がおそるおそるたずねる。

「そうか、それは、言い得て妙だな……おれは、ふられたのであろうな」

騎市の身も理世の心も、木米が連れ去ってしまった。武一はふたりに袖《そで》にされたようなものだ。なのに木米を恨む気持ちは、一筋も浮かばない。何故《なぜ》だかそれが、いっそう泣けてくる。

辛抱強くつき合ってくれた晋輔が、とん、と指で背中をつついた。

「武一、見ろ。箱根にも春が来ておるぞ」

腕でごしごしと顔を拭《ぬぐ》い、ふり向いた。晋輔の太い腕は、空に向かって伸ばされている。

青い空と、木々の梢《こずえ》。よく見るとそこに、紅色が点じていた。

「あれは、木蓮《もくれん》か……」

見上げるほど大きな木で、枝ははるか頭上に広がっているために気づかなかった。

「まだ蕾《つぼみ》だが、じきに咲く。花が開いたら、見事であろうな」

木蓮の紅は、紫がかって深みがある。桜よりも早く咲き、奥ゆかしく春を告げる。

目立つことはないが、律儀《りちぎ》で高潔な花だ。

自分も木蓮のようでありたいと、武一は心の中で願った。

「そうだ！　花が咲いたら、花見をしようぞ」と、晋輔が言い出す。

「この山中で、男ふたりで花見をしてもつまらぬぞ」

「蕾のふくらんだ一枝を折って、関所にもち帰るのだ。蕾がほどけたら衛吉に花見弁当を拵《こしら》えてもらって、理世殿や登世殿も招こう。きっと楽しいぞ！」

晋輔なりの心遣いだろうが、悪くないなと思えた。木登りは得意なだけに自ら幹を登り、手頃な枝を調達した。伐採は禁じられていても、枝一本なら許されよう。木蓮の枝を手に、晋輔とともに山を下る。

「おれが木蓮なら、あいつは梅か……」

誰よりも早く春を兆《きざ》す梅は、先進を駆けようとする騎市を思わせた。

「何か言ったか？」

「いや、梅の香が匂《にお》ったように思えてな」

城下は春の盛りであろうが、未だ箱根の山は、雪を抱いて森閑としていた。

主要参考資料

『箱根宿歴史地図』中村静夫編／中村地図研究所 一九八四年

『神奈川県史 通史編2 近世(1)』神奈川県 一九八一年

『神奈川県史 通史編3 近世(2)』神奈川県 一九八三年

『近世女性旅と街道交通』深井甚三／桂書房 一九九五年

『東海道 山の関所・箱根／うみの関所・新居』箱根町立郷土資料館 二〇一〇年

『關所—箱根・福島・今切』新居関所史料館 二〇一一年

『関所—その歴史と実態』大島延次郎／新人物往来社 一九九五年

『近世関所制度の研究』五十嵐富夫／有峰書店 一九七五年

『関所抜け 江戸の女たちの冒険』金森敦子／晶文社 二〇〇一年

『交流の社会史—道・川と地域』小田原近世史研究会編／岩田書院 二〇〇五年

『日本刑罰風俗図史』藤澤衛彦、伊藤晴雨／国書刊行会 二〇一〇年

他、ｗｅｂ資料を参照させていただきました。

解説

末國善己

箱根七湯といわれる温泉、大自然のパノラマが堪能《たんのう》できる大涌谷《おおわくだに》、芦《あし》ノ湖《こ》に浮かぶ鳥居が有名な箱根神社、芦ノ湖をめぐる遊覧船、ロープウェイでの空中散歩などが楽しめ、正月恒例の箱根駅伝の舞台にもなっている神奈川県の箱根周辺は、関東でも屈指の観光地となっている。箱根の名所の一つに、江戸幕府が設置し明治に入った一八六九年に廃止された箱根の関所を、史料と発掘調査に基づいて江戸口と京口の御門、大番所などをリアルに復元した「箱根関所」がある。

大名の謀叛《むほん》を警戒した幕府は、江戸に持ち込まれる武器を統制する「入鉄砲」、大名の妻の逃走を阻止するため女性の旅行者を改める「出女」を治安維持の要《かなめ》とし、中《なか》山道《せんどう》の福島関所と碓氷《うすい》関所、甲州街道の小仏《こぼとけ》関所、奥州《おうしゅう》街道と日光街道の房川渡《ぼうせんのわたし》中《なか》田《だ》関所など、主要な街道の関所で取り締まりを行った。だが江戸時代の関所で最も有名なのは、東海道に設置された箱根関所だろう。

箱根関所の歴史は古く、『吾妻鏡《あずまかがみ》』には具体的な場所は不明ながら鎌倉《かまくら》幕府が箱根に関所を置いたとの記述がある。室町時代初期には円覚寺が箱根山葦河《あしかわ》宿に関所を設け関銭を造営料に使い、室町中期には箱根湯本に湯本関を置き関銭で鎌倉大蔵の稲荷《いなり》神社を修繕したとの記録もあるようだ。箱根は交通の要衝として鎌倉時代から関所が作られていただけに、江戸幕府がそれに倣《なら》ったのは必然だったのである。

歴史の授業で「入鉄砲出女」を習うほど江戸時代の関所の役割は広く知られているが、関所を題材にした時代小説は意外なほど少なく、幕府が箱根と並び重視した東海道の関所があった新居《あらい》宿の本陣・汐見家の一人娘お美也の生涯を追う平岩弓枝『水鳥の関』、通行手形を持たず伊勢《いせ》神宮へ向かった女性三人組が、箱根関所を越える方法を考えるエピソードがある朝井まかて『ぬけまいる』くらいではないか。

箱根関所を舞台に、そこで働く役人、関所を越える人たちのドラマを全六作の連作形式で描いた本書『せき越えぬ』は、関所を正面から取り上げ、時代小説の空白地を埋めた画期的な作品である。箱根周辺の街道を整備し、関所を置いたのは江戸幕府だが、実際に関所を管理運営していたのは小田原藩で、本書の主人公も小田原藩士の武藤一之助（通称・武一）である。また箱根関所で厳しく改めていたのは「出女」で、「入鉄砲」は一つ前の新居の関所の担当なので箱根では取り締まっていないこと、箱根関所を初めて破ったのは慶安の変を起こした由井正雪とされるが、それは俗説であることなど、丁寧な時代考証で有名なのに詳しくは知られていない箱根関所の実態が活写されていくのも面白く、新たな発見も多いはずだ。巻頭の「せき越えぬ」は、箱根の坂を上る途中で竹筒の水を切らしてしまった武一が、通りすがりの女性から水を譲ってもらう場面から始まる。

小田原藩は十一万三千石の大藩で、気候は温暖、土地も肥沃《ひよく》ながら相次ぐ天変地異による復興費用がかさみ、財政を圧迫していた。武藤家は太平の世には役立たない代々の番方（武官）な上に財政難も加わり、家督を継いだ武一は加増が見込めないでいた。この小田原藩の状況は、毎年のように天災に見舞われ、（復興費用だけが原因ではないが）放漫財政が国の財政を悪化させ、経済の長期低迷で若い世代の給与が低く抑えられている現代日本に近いので、武一が身近な存在に思えるだろう。

上役から伊豆の韮山《にらやま》代官所への使いを頼まれた武一は、箱根関所で手形を改めた保山に難癖をつけられ追い返されてしまった。居酒屋でこの失態を、小田原藩の上士の家の生まれながら同じ剣術道場に通い、名前の読みが同じだったことから親友になった騎山市之助（通称・騎市）に話していた武一は、そこで保山の被害に遭った越坂晋輔、斉藤兵六、松田忠也と出会う。権力を笠《かさ》に着て理不尽な要求を出してくる人間は現代でも珍しくないので、武一たちが、関所の足軽・岡衛吉の協力を得て、傲慢《ごうまん》な保山に一矢報いる展開に溜飲《りゅういん》を下げる読者も多いように思える。

「氷目付」では、藩主の側《そば》近くに仕える騎市のはからいで武一や越坂らが箱根関所の番士になる。衛吉もいる新たな職場で楽しく働けると思いきや、冷徹な横目付（監察役）・望月嘉門が派遣され現場の雰囲気が一変してしまう。

その直後、箱根関所に、小田原宿で押し込みがあり商家の息子が深手を負ったとの急報が届く。犯人は既に関所を越えたのか、それともまだ近くに留まっているのかも分からず、女性と違って男性は関所での吟味がゆるいので犯人を見つけられない可能性も高い。捕縛する側に不利な条件が揃《そろ》うなか、武一たちが懸命に賊の所在を調べるところはミステリーとしても秀逸で、『はむ・はたる』や『猫の傀儡《くぐつ》』など時代ミステリーの傑作を発表している著者の面目躍如といえる。

坂の途中で水をくれた女性が忘れられない武一の前に、当の本人・千野理世が関所で女性を調べる人見女（いわゆる「改め婆」）として現れる「涼暮れ撫子《なでしこ》」は、武一の恋の行方も物語を牽引《けんいん》するだけに恋愛小説的な面白さがある。ただ甘美な物語にはなっておらず、理世の仕事を丁寧に描くことで、旅行をする時に男性であれば重視されない手形を用意しなければならなかったり、関所で入念に調べられたりと、女性が直面している不合理を徹底して暴《あば》いていく。

女性だけが強いられる理不尽を体現しているのが、理世が調べを担当する希乃である。医術を学ぶために江戸に出たものの生活に困窮した夫に離縁された希乃は、男にとって女は自由を縛る〝枷《かせ》〟でしかないと考えていた。現代の日本は女性と男性に同じ権利があるが、それは建前で、家庭、学校、職場、社会制度など、ありとあらゆる場所で女性は差別と抑圧を受けている。「涼暮れ撫子」は、日本が理世や希乃が生きた時代と本質的には変わっていない現実を突き付けていくだけに、悩み苦しんだ希乃が最後に下した結論に、女性読者は共感が大きいのではないか。

作中には、江戸で奉公していたお玉という娘が、嫌な目にあって伊豆の実家に逃げ帰ろうとするが、手形がなく山中の柵《さく》を越えようとしたところ捕まり処刑され、その首を洗った池が「お玉が池」と名付けられたとの話が出てくるが、これは実際に伝わっている伝承である（一座を逃げ出した旅芸人のお玉が身を投げたことから、「お玉が池」になったとのバリエーションもある）。この怪談めいた逸話が、歴史的に女性の立場が弱かった状況を強調する役割を果たしたのは間違いない。

網野善彦『無縁・公界《くかい》・楽』は、中世の日本では芸能者、僧侶《そうりょ》などが世俗の権力から一定の距離をおくことが認められ、諸国を自由に往来できたことを明らかにした。

「相撲始末」には、旅芸人や力士の一団は芸や取組みを見せると関所が通過できたとあるので、江戸時代にも中世の伝統が残っていたことがうかがえる。

役人たちに人気のある力士の一団が、箱根関所を訪れた。相撲を見物するため両側の門が閉じられたのだが、その間に、留め置かれた夫婦ものの妻が女の子を出産した。「出女」に厳しい箱根関所では、赤ん坊であっても女性ならば手形が必要なのだが、わけありの夫婦は引き返すことができない。相撲見物のため門を閉じた負い目がある武一たちが、夫婦と生まれたばかりの女の子が安心して暮らせるように奔走するところは、心温まる人情が胸を熱くしてくれる。

「瓦《かわら》の州《くに》」では、いまだ武一が想《おも》い続けている理世の過去が明らかになる。離縁を言い渡した理世の元夫の巴田木米は、かつて身分を問わず学べる私塾・瓦州塾を営んでいたが、改革を訴えたため藩上層部の不興を買い閉鎖に追い込まれた。その瓦州塾に、騎市と望月が通っていたことも分かってくる。

「領国と日の本の国」を「憂《うれ》い」ていた木米は、民草を貧困から救うため藩のシステムを根本から変えようとし、守旧派に阻《はば》まれたとされている。木米の高い志は、政治家が貧困対策に後ろ向きで、為政者の方針を無条件で追認することが〝憂国〟になっている現状への痛烈なカウンターといえるだろう。

そして実際に起きた大事件が、木米と騎市の人生に暗い影を落とす最終話「関を越える者」では、武一が、木米を安全圏まで逃がし、自分も家を捨てて師と行動を共にするという騎市に関所破りの方法を相談されることになる。

武一と騎市が、それぞれに人生の決断を迫られる「関を越える者」を読むと、箱根関所が人生の分岐点のメタファーになっていることに気付く。「涼暮れ撫子」の希乃、「相撲始末」のわけありの夫婦などは、いずれも箱根関所を前に行くか、戻るかを問われ、悩み苦しみながらも自分の判断で道を選び、成功するか失敗するかの不安を抱えながらも新たな一歩を踏み出し、これに武一と騎市も続いた。英雄でも豪傑でもない等身大の人たちが示した勇気は、人生のターニングポイントを前に迷い苦しんでいるすべての人へ贈るエールになっているのである。

二〇二一年、著者は、江戸の下町・千駄木の淀《よど》んだ川沿いにある寂れた一画を舞台にした『心淋《うらさび》し川』で、第一六四回直木賞を受賞した。社会の底辺で暮らす人たちの生活を活写したシリアスな物語は重厚感があり、直木賞に相応《ふさわ》しいといえるが、どれだけ深刻な事態に直面しても、明るく前向きに切り抜けようとする武一が活躍する本書の方が著者の持ち味が出ているように思える。『心淋し川』で著者に興味を持った方は違った路線として、本書が気に入った方は同じ傾向として、因業《いんごう》な金貸しの老女弟子入りした若者の奮闘を描く『烏金《からすがね》』、隠居した糸問屋の六代目が騒動に巻き込まれる『隠居すごろく』など、しみじみとした人情と社会的なテーマを織り込んだユーモア路線の作品に、ぜひとも手を伸ばして欲しい。

（令和三年八月、文芸評論家）

この作品は二〇一九年十一月新潮社より刊行された。

新潮文庫最新刊

せき越《こ》えぬ

新潮文庫　さ－64－15

令和三年十月一日発行
令和三年十月二十日二刷

著者　西《さい》條《じょう》奈《な》加《か》

発行者　佐藤隆信

発行所　株式会社 新潮社
郵便番号　一六二―八七一一
東京都新宿区矢来町七一
電話 編集部(〇三)三二六六―五四四〇
読者係(〇三)三二六六―五一一一
https://www.shinchosha.co.jp

価格はカバーに表示してあります。

乱丁・落丁本は、ご面倒ですが小社読者係宛ご送付ください。送料小社負担にてお取替えいたします。

印刷・大日本印刷株式会社　製本・株式会社植木製本所

ISBN978-4-10-135779-9 C0193